나의 미친 걱정

일러두기

· 멈출 줄 모르는 걱정의 걱정을 생동감 있게 표현하기 위해 일부 용어는 저자의 말 그대로 표기하였습니다.

· 본문에 표기된 각주는 이해를 돕기 위해 덧붙인 추가 설명입니다.

내 걱정이
그렇게 미쳤나요?

# 나의 미친 걱정

고은지 지음 ― 니나킴 그림

구층책방

여는 글

내겐 남들이 "미쳤다"고 말하는 걱정이 많다.

대개 사람들이 자연스레 넘기는 일들이 내겐 모두 걱정거리다. 매일 마주치는 사물이 갑자기 생명을 위협하기도 하고, 잠시 머릿속을 스쳐 간 상상이 종일 불안감을 남기기도 한다. 이 책은 나를 괴롭히는 그런 사소한(하지만 전혀 사소하지 않은) 걱정거리를 진지하게 담고 있다.

『나의 미친 걱정』은 무의식을 요리조리 파헤친 후 정리한 결과물이다. 나도 모르게 움찔했던, 두려워했던 순간을 하나하나 되짚으며 써 내려갔다. 일부 독자들은 나를 이상한 사람이라고 생각할 수도 있지만, 꼭꼭 숨겨 놓았던 걱정들을 토해 내고 나니 나는 이보다 더 시원할 수가 없다. 나와 비슷한 걱정을 가지고 살아가는 사람이 있다면 "당신만 그렇게 피곤하게 사는 게 아니랍니다"라고 심심한 위로를 건네고 싶다.

내 걱정이 진짜 미쳤는지는 책을 다 읽고 여러분 마음대로 해석해 주길 바란다.

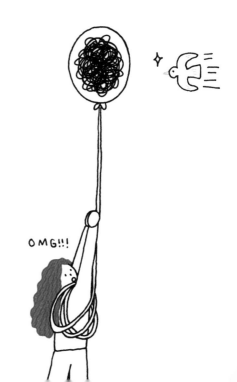

# 차례

여는 글·4

## PART 1
# 걱정 알람 ON

PART 2
## 졸릴 틈이 없는 오후

PART 3
퇴근길 걱정 한 잔

PART 4
걱정은 꼬리에 꼬리를 물고

# PART 1
# 걱정 알람 ON

알람 소리에 걱정 세포가 깨어난다.

정신없는 아침 시간엔 걱정도 덩달아 바빠진다.

자, 준비해!

오늘 하루도 열심히 걱정해야 한다고!

# 합정역

이 역은 승강장과 열차 사이의 간격이 넓으므로

서울 지하철 2호선과 6호선이 만나는 합정역은 지하철과 플랫폼 사이 간격이 유난히 넓다. 합정역에서 지하철을 타고 내릴 때면 꼭 그 틈으로 빠지는 상상을 한다.

발만 빠질까? 다리 하나가 쑥 들어갈까? 몸 전체가 빠질 만큼 틈이 넓진 않은 것 같은데. 내가 빠지면 사람들이 나를 꺼내 줄까? 사람이 빠졌으니 아직 출발하지 말라고 기사님께 신호를 보내 줄까?

합정역에 갈 때마다 진지하게 걱정을 하지만 늘 무사히 그 틈을 건너 열차 밖으로 빠져나간다. 아직 다리가 빠진 사람을 직접 본 적은 없지만, 만약을 대비해 구조 요청 방법은 꼭 찾아두어야겠다.

# 에스컬레이터

휴, 다행이다

지하철 환승을 하러 가는 길에 에스컬레이터에서 넘어졌다. 너무 아팠지만, 벌떡 일어나 아무 일도 없었다는 듯이 빠르게 에스컬레이터를 걸어 올라갔다. 그런데 갑자기 내가 다치지 않고 멀쩡하게 걸을 수 있다는 게 너무 다행이라는 생각이 드는 거다. 만약 넘어졌을 때 머리카락이 꼈으면 어쩔 뻔했을까.

에스컬레이터 계단 사이에 머리카락이 낀다면? 고개를 확 드는 순간 머리카락이 강하게 당겨져 뽑히고 두피가 찢어진다. 뽑힌 머리카락 뭉텅이가 계단 사이에 걸려 턱턱 소리를 내다가 에스컬레이터가 갑자기 멈춘다. 갑자기 멈춘 에스컬레이터 때문에 손잡이를 잡고 있지 않던 사람들이 다 뒤로 넘어지고, 서로 밀리고 계단 모서리에 찍히며 대혼란이 온다. 대혼란의 원인이 되었다는 죄책감에 빠지는 것도 잠시, 찢어진 두피에선 피가 흐르고 그 자리는 머리카락이 다 뽑혀 횅하다. 급히 병원으로 가지만 머리카락이 뽑힌 자리에선 다시 머리카락이 자라지 않을 거라는 청천벽력 같은 진단을 듣는다. 그렇게 나는 두피에 작은 여백을 만들고 평생 에스컬레이터는 타지 못해 힘들게 계단을 낑낑 오르내리는 삶을 살게 된다.

에스컬레이터에서 넘어져도 머리카락이 걸리지 않도록 적당한 길이를 유지해야겠다고 다짐했다. 혹시나 한 번 더 넘어져 같은 위험에 노출된다면 그땐 정말 단발로 자를 거다.

# 이어폰

휴대용 초소형 폭탄

어쩌면 이어폰은 초소형 폭탄일지도 모른다. 귀에 이어폰을 꽂고 음악을 한두 시간 들으면 점점 과열되어 터질 것 같다. 작고 안전해 보이지만 여느 전자 제품처럼 전기가 흐르는 수많은 선으로 만들어진 물건이니 터질 가능성이 0%라고 할 수는 없다.

이어폰 폭탄은 터질 때 어느 방향으로 터질까. 귀 안쪽으로 터신다면 달팽이관이며 고막이며 모두 박살 날 것이다. 귓속에 불이 붙어 얼굴 전체가 폭발할 수도 있다. 만약 귀 바깥쪽으로 터진다면 터지는 힘 때문에 이어폰 본체가 귀 깊은 곳으로 쑥 들어갈지도 모른다. 이어폰이 소리가 들어가는 통로를 막아 평생 소리를 듣지 못할 것이다. 우연히 옆에 사람이 있었다면 폭발로 인해 그도 얼굴에 화상을 입을 수 있다.

과열되면 폭탄으로 바뀔 수도 있는 이어폰. 언제 뜨거워져 터질지 모르니 적어도 한 시간에 한 번은 귀에서 빼서 열을 식혀 주어야겠다. 지나치게 크고 높은 소리도 들으면 안 되겠다. 소프라노의 고음에 유리잔이 깨지듯 내 이어폰도 터지면서 산산조각이 날 수 있으니까.

# 가방

걱정 집합소

나의 가방은 걱정 집합소다.

지하철에서 심심하면 어떡하지? 책을 챙겨야겠다. 신발 때문에 발뒤꿈치가 까지면 어떡하지? 반창고를 챙겨야겠다. 화장실에서 손을 닦고 손이 건조하면 어떡하지? 핸드크림도 있어야겠다. 햇빛이 강렬해서 눈이 부시면 어떡하지? 선글라스가 필요하겠다. 갑자기 다른 색 립스틱을 바르고 싶으면 어떡하지? 혹시 모르니까 립스틱을 2개 더 챙겨야겠다. 오늘 비 올 확률이 55%라고 하는데 혹시 모르니까 작은 우산도 하나 챙겨야지. 하루에 물 2L는 마셔야 한다고 그랬어. 페트병은 환경에 안 좋으니까 물병을 챙겨야겠다.

이런저런 걱정에 대비해 물건을 챙기다 보면 금세 가방이 무거워진다. 걱정의 무게 때문에 어깨가 무너질 것 같다. 일어나지도 않을 일에 대비하는 것보다 어깨 건강을 걱정하는 것이 좀 더 효율적일 것 같은데, 아무리 봐도 가방에서 덜어 낼 물건이 없다.

# 미세 먼지

나쁜 녀석들

아침에 눈을 뜨니 해가 중천에 떠 있을 시간인데도 방 안이 어둑하다. 눈곱도 떼지 않은 채로 침대 위를 뒹굴뒹굴하며 핸드폰으로 날씨를 확인하니 미세 먼지 추이가 매우 나쁨이란다.

"이런 날은 정말 나가기 싫은데."

외출 준비를 하며 마스크를 꼭 챙겨 나가야겠다고 다짐한다. 그리고 시간에 쫓겨 밖을 나선 후에야 마스크를 깜박했다는 걸 알게 된다.

"아 맞다, 마스크!" 집으로 돌아갈 시간은 없고 괜히 숨을 참아 본다. 참았던 숨을 들이마시는 순간 고운 입자의 모래 같은 먼지들이 콧구멍으로 빨려 들어가 기관지를 타고 폐로 들어간다. 그것들이 나의 양쪽 폐에서 자기들 놀이터인양 정신없이 돌아다닌다. 폐에서 노는 것이 재미없어지자 그 먼지들은 심장에도 들렀다가 위에도 들렀다가 혈관을 타고 온몸으로 퍼진다. 수분기 하나 없는 마른 먼지는 이내 몸 전체를 건조하게 만들어버린다. 폐가 가뭄 때 논밭처럼 쩍쩍 갈라지고, 안구는 메말라 초롱초롱한 빛을 잃는다. 피에 먼지가 섞여 순환이 느려지고 기관지는 뻣뻣하게 굳어

침을 삼키기도 힘들다.

정류장에서 버스를 기다리는데 목이 칼칼하다. 아무래도 미세 먼지 때문인 것 같다. 100세 시대라는데 미세 먼지 때문에 그렇게 오래 못 살 것 같다.

나의 미친 걱정

# 유산균

까다로운 영양제

아침에 일어나자마자 가장 먼저 하는 것은 유산균을 먹는 일이다. 공복에 먹는 것이 좋고 냉장고에 보관해야 하는 까다로운 영양제다. 다른 건 몰라도 유산균은 꼭 챙겨 먹는 게 좋다고 해서 몇 달째 꾸준히 먹고 있는데, 효과가 있는지 잘 모르겠다. 효과가 눈에 보이지 않으니 괜한 의심만 하나 생겼다.

'식도를 타고 내려가다가 위액 때문에 위에서 다 녹아서 장까지 못 가는 거 아니야?'

## 유산균의 여정

1. 입에서 식도로 가는 길: 오늘의 임무를 수행해 볼까? 내 주인의 장 건강을 위해 파이팅!

2. 식도를 지나 위로 가는 길: 자, 슬슬 위장으로 들어갈 시간이군. 출발합시다. 형제들! 굿럭!

3. 위에 도착: 아… 아니. 이 강하고 신 액체는 뭐지? 장까지 무사히 가야 하는데… 아악… 아아악!!!!!!

이렇게 유산균은 장까지 도달하지 못하고 위액에 녹아 사라지겠지.

더 건강하게 일하고 싶어서 나름 비싸게 주고 산 유산균인데, 장까지 가지도 못하고 죽어 버리다니. 아침마다 졸린 눈을 비비며 냉장고 앞에서 유산균 캡슐을 털어 넣었던 노력이 물거품이 된 것 같다. 나는 그저 건강해지고 싶었을 뿐이고, 유산균은 또 무슨 죄란 말인가! 혹시 위산이 과다하게 분비되고 있는 건 아닌지 병원에 가서 검사를 받아 봐야 할 것 같다.

나의 미친 걱정

# 가려움

정체를 밝혀라

가려운데 아무리 긁어도 정확히 어디가 간지러운지 모르겠다. 피부 표면이 아니라 안쪽 깊숙한 곳에서부터 올라오는 가려움이다. 때리고 꼬집고 눌러도 소용이 없다. 피부보다는 혈관이 간지러운 느낌에 더 가깝다. 혈관 안에 개미가 돌아다니는 게 아닌가 싶다. 어떻게 들어갔는지는 몰라도 (아마 심장까지 들어가서 좌심방의 펌프질로 강제 이동됐을 것이다) 혈관 속에서 빠져나가려고 아등바등하는 개미의 행동이 내게 간지러움으로 나타난 것 같다. 몇 분이 지나 간지러움이 없어진 걸 보면 개미가 죽은 것 같다. 그런데 개미의

사체가 혈관을 막는 건 아닌가 싶다. 심장의 펌프질이 내가 생각하는 것보다 강해 개미를 이리저리 옮기다 배설 기관을 통해 몸 밖으로 빼내 주길 바랄 뿐이다.

# 링 귀걸이

'cool' 하지 못해 미안해

고등학교 때였다. 커다란 링 귀걸이가 유행했다. 소위 'cool' 하다고 불리던 아이들은 저마다 귀에 버스 손잡이처럼 큰 링 귀걸이를 하고 다녔다. 나는 링 귀걸이를 하고 당당한 태도로 멋 부리는 친구들을 보며 약간의 동경을 품었다.

그러나 손 하나도 거뜬히 들어갈 커다란 링을 보고 있으면 무서운 생각이 자동으로 떠올랐다. 누가 뒤에서 귀걸이를 아래로 확 당기면 어떻게 될까. 문고리나 사물함 자물쇠 같은 곳에 걸리면 어떻게 될까. 아마도 귓불이 아래로 주욱 당겨지며 두 갈래로 찢어질 것이다. 찢어지는 순간 피가 사방으로 튀겠지. 피가 철철 나는 귓불을 잡고 병원으로 가지만 귀걸이가 상처 부위를 감염시켜 꿰맬 수가 없다고 의사가 말할 것이다(최악의 경우엔 세균이 온몸에 퍼져 죽을지도 모른다). 피가 마르고 상처가 아물수록 두 갈래로 갈라진 귓불은 점점 멀리 떨어진다. 꽃잎처럼 갈라진 귓불을 평생 달고 다녀야 하는 링 귀걸이 주인은 자신이 하고 다녔던 귀걸이와 비슷한 모양만 봐도 치가 떨리는 트라우마가 생겨 평생 손잡이 달린 버스나 지하철은 타지 못한다.

이제 와 생각해 보면 귀걸이의 크기가 꼭 당당함의 크기와 비례하는 것 같진 않다. 나에겐 안전이 가장 'cool' 한 액세서리다.

# 고춧가루

기도와 식도 사이

PEPPER

아침으로 김치찌개를 먹다가 잘못 삼켜 고춧가루가 목에 걸렸다. 눈물이 날 때까지 기침하다가 겨우 멈췄는데 고춧가루가 아직 목에 걸려 있는지 꺼끌꺼끌한 느낌이 든다. 물을 마셔 봐도 내려가지 않는다. '도대체 어디에 걸려 있길래 내려가지 않는 거지?' 숨 쉬기 불편하지 않은 걸 보면 기도로 넘어간 것 같지는 않고, 물을 마셔도 내려가지 않는 걸 보면 식도에 있는 것 같지도 않은데. 고춧가루가 기도와 식도 중간에 아슬아슬하게 걸터앉아 있는 것 같다. 다른 음식을 삼키다가 걸려 있는 고춧가루를 건드려 기도 쪽으로

나의 미친 걱정

넘어가면 어떡하나 싶다. 숨을 못 쉬어 죽을 수도 있고, 그건 면한다고 하더라도 폐로 고춧가루가 들어가 폐 질환을 유발할 수도 있다. 폐는 너무 복잡하게 생겨서 고춧가루 하나 빼자고 수술할 수도 없고…. 평생 매운 숨을 쉬다가 다른 장기에까지 영향을 끼쳐 합병증으로 오래 살 수 없을지도 모른다. 고춧가루 하나 때문에 죽을 수도 있다니!

한참이 지나, 고춧가루가 목에 걸린 느낌이 사라졌다. 다행히 기도가 아니라 식도로 넘어갔나 보다. 어쩌면 고춧가루가 너무 작아서 기도로 넘어갔는데도 살아남은 것일 수도 있다. 기도와 식도 사이에 걸린 음식이 어디로 넘어가느냐에 따라 수명의 길이가 달라질 수 있다는 걸 깨달았으니, 고춧가루보다 큰 음식을 삼킬 땐 신중하고 침착한 태도를 가지려고 노력해야겠다.

# 오늘의 지하철

feat. 아저씨의 재채기

지하철을 탔는데 아저씨 한 분이 감기에 걸리셨는지 자리에 앉아 계속 코를 훌쩍이셨다. 그러다가 손으로 가리지도 않고 큰 소리로 재채기를 세 번이나 하셨다. 그 순간 안개가 퍼지듯 우리가 타고 있는 지하철 칸에 감기 바이러스가 스멀스멀 퍼지는 것이 보였다. 설상가상으로 아저씨는 살짝 흘러나온 콧물을 손으로 쓱 닦으시더니 그 손으로 옆에 있는 봉을 잡으시는 것이 아닌가. 첫차부터 막차까지 저 봉을 만지는 사람이 몇이나 될까 속으로 상상했다. 천 명? 만 명? 감기 바이러스는 뿔 달린 작은 악마처럼 얄밉게 사람들을 쳐다보며 언제 그 봉에서 탈출해 사람들을 괴롭힐지 호시탐탐 노리고 있었다. 갑자기 지하철에 있는 어떤 것도 만지고 싶지 않았다. 팔짱을 끼고 두 발을 살짝 벌리고 서서 지하철의 흔들림을 버텼다. 아저씨는 손으로 봉을 만지고 정확히 두 정류장 뒤에 내리셨다.

'아저씨, 다음부턴 재채기하실 때 꼭 팔이나 손으로 가리시면 좋겠어요. 저는 집에 가서 손발 닦고 생강차 마시면서 면역력이나 높여야겠네요.'

# 목도리

꼬리가 길면 잡히는 법

긴 목도리를 목에 휙 하고 한 번 두르면, 양쪽으로 모호한 길이가 꼬리처럼 남는다. 그럴 땐 양팔로 꼬리를 감싸 안고 앞으로 팔짱을 낀다. 이 도시엔 꼬리를 잡고 싶어 하는 위험 요소들이 많기 때문이다. 거의 매일 이용하는 지하철의 문은 생각보다 빨리 닫힌다. 꼬리가 잡힐 만한 충분한 시간이다. 쇼핑몰이나 큰 건물의 자동문도 안심할 수는 없다. 특이한 사람이 너무 많은 세상이니 누가 뒤에서 꼬리를 재미로 잡아당길지도 모르는 일이다. 꼬리를 밟히면 목이 졸릴 것이고, 목이 졸리면 숨을 못 쉴 것이고, 숨을 못 쉬면

뇌까지 산소가 공급되지 못할 것이고, 그럼 나는 그깟 목도리 때문에 일찍 생을 마감할지도 모른다.

목이 졸릴 것을 대비해 꼬리를 자를 가위를 가지고 다니는 것은 너무 유난스러우니, 웬만하면 짧은 목도리만 하고 다녀야겠다.

# 새

각자의 길을 가기로 해

강아지를 키우게 된 후로 동물을 사랑하게 되었지만, 새는 아직도 어렵다. 그들이 모이를 쪼아 먹는 날카로운 부리는 너무나 두렵다. 새들이 낮게 날아다닐 때면 내 이마에 부리가 박히는 끔찍한 생각을 한다. 얌전히 책상에 앉아 이 글을 쓰는 지금도 그 생각을 하면 이마 한가운데가 욱신욱신 쑤신다. 만약 새 부리와 내 이마가 부딪히면 누가 더 많이 다칠까? 새는 부리가 다쳐도 계속 날 수 있지만, 나는 날카로운 부리에 두개골 속 뇌가 파여 죽을 수도 있으니 내가 더 손해이지 않을까?

매일 그랬던 것처럼 오늘도 언제 날아오를지 모를 뚱뚱한 비둘기의 심기를 건드리지 않기 위해 1m 이상의 거리를 유지한 채 조심스럽게 길을 걷는다.

나도 너 싫어!

# 비비탄

### 콩알보다 작은

스마트폰이며 태블릿 PC가 흔하지 않았던 시절, 인기가 많았던 장난감 중 하나가 비비탄총이었다. 콩알보다도 작은 형형색색의 비비탄이 여기저기 날아다니는 모습은 아직도 기억에 생생하다. 나는 주로 비비탄을 피해 다니는 쪽이었다. '저게 얼마나 위험한 건데!' 하며 날아다니는 비비탄을 손과 등으로 막았다.

친구들은 비비탄이 너무 작아서 눈이나 콧구멍, 목구멍 혹은 귓구멍으로 들어갈 수 있다는 생각은 안 하는 것 같았다. 비비탄이 눈알을 때려서 평생 한쪽 눈을 감고 다녀야

나의 미친 걱정

할 수도 있고, 눈 앞머리로 쏙 들어가 콧대와 눈알 경계에 박혀 혹처럼 남을 수도 있다. 입을 벌리고 있다가 목구멍으로 쏙 들어가 기도를 막으면 그 자리에서 죽는 거다. 운이 좋아 식도로 넘어간다고 해도 위산이 소화를 시켜 줄지 알 수 없다. 대변으로 배출할 가능성도 있겠지만, 비비탄이 장까지 운반되는 과정에서 다른 장기의 기능을 저하시킬지도 모른다. 귓속으로 들어가는 것도 끔찍하다. 비비탄이 귓구멍에 턱 하고 박혀 손으로 빼려고 하면 할수록 깊숙이 들어갈 것이다. 코를 막고 흥 하고 압력을 가해 빼내려 해도 이미 꽉 껴버려서 절대 빠지지 않을 수도 있다. 저 작은 비비탄 때문에 평생 청력을 잃어야 한다면 너무 억울하지 않은가.

다행히 어릴 때 비비탄을 잘 막고 다닌 덕에 내 몸은 아주 건강하다. 하지만 가끔 놀이터에서 비비탄총을 가지고 노는 아이들을 보면 다가가서 한마디 해 주고 싶다.

"얘들아, 총알이 너희 눈이나 귀로 들어간다고 생각해 봐. 무섭지 않니? 그래도 가지고 놀고 싶으면 고글이랑 귀마개 꼭 착용하고, 입은 벌리지 말고 놀렴."

# 텀블러

출퇴근 같이하는 사이

출근할 때 꼭 챙기는 물건 중 하나는 텀블러다. 그런데 이것의 유일한 단점이 하나 있으니, 바로 무게! 안 그래도 가방에 이것저것 다 넣어 다니는데 텀블러까지 넣으면 가방은 점점 무거워지고 어깨도 무척 아프다. 종일 머무는 회사 사무실에는 두고 다녀도 되지만 그러지 못하는 데에는 몇 가지 이유가 있다.

- 텀블러 안에 고인 물로 인해 밤사이 물때가 생기고 그 물때에서 곰팡이가 생길 수 있다. 나는 그것도 모르고 물과 커피를 담아 마시다가 곰팡이 때문에 질병에 걸릴지도 모른다.
- 밤사이 작은 벌레가 텀블러 안으로 들어가서 사람 눈으로는 보기 힘들 정도의 작은 알을 까거나 배설물을 남길지도 모른다. 이것 또한 곰팡이처럼 질병을 유발할 수 있지 않을까.
- 사무실에는 싱크대가 없다. 화장실에 세제와 수세미가 있긴 하지만 그것들도 늘 물이 닿아 있어 습하기 때문에 곰팡이가 번식했을 확률이 높다. 그 수세미로 텀블러를 닦으면 곰팡이가 다 옮겨 붙지 않을까. 상상만 해도 끔찍하다.

어쩔 수 없이 매일 텀블러를 가방에 넣어 집까지 가져간다. 집에 가자마자 막대기에 달린 수세미로 깨끗이 씻은 다음 거꾸로 건조대에 올려 물기를 싹 뺀다. 다음 날 아침이 되면 물방울 하나 없이 바싹 건조되어 있는데, 그 상태가 되어야 비로소 안심하고 물을 담을 수 있다. 무거워서 어깨는 아프지만 하루 평균 2L의 물과 약 2잔의 커피를 깨끗하고 안전하게 마실 수만 있다면 앞으로도 기꺼이 이 수고를 반복할 의향이 있다.

# 수술

매일 하는 걱정

아래는 살면서 수술을 할 만큼 크게 아파 본 적이 없는 내가 매일 하는 걱정이다.

나중에 수술할 일이 생겼을 때, 수술 중에 마취가 풀리면 어떡하지? 수술용 칼과 가위, 실과 바늘이 내 몸에 가하는 모든 고통을 그대로 느낀다면 심장 마비로 죽을지도 몰라.

# 민들레

풍문으로 들었소

초등학교 때, 눈에 민들레 씨가 들어가서 실명된 사람이 있다는 루머가 반 전체에 퍼졌다. 나는 그 후로 단 한 번도 민들레 씨를 불지 않았다. 어른이 된 지금도 길에서 민들레 씨를 발견하면 그 루머가 생각난다. 루머를 접하기 전, 배짱 좋게 민들레 씨를 후후 불며 놀던 때를 떠올리면 소름이 끼친다. 그때 만약 민들레 씨가 눈에 들어갔다면 나는 어떻게 됐을까.

늦은 봄이면 민들레 씨를 가지고 장난치는 어린이들을 하루에 한 번은 만난다. 그럼 혼자 속으로 속삭인다.

'얘들아, 너희는 그게 눈에 들어갈까 봐 걱정도 안 되니?'

# 립스틱

다 이디로 가는 걸까

화장하지 않는 날에도 입술엔 꼭 립스틱이나 틴트를 바르고 외출한다. 그리고 밖에 나가면 꼭 커피든 밥이든 음식과 음료를 쉼 없이 먹어 댄다. 여기서 문제는 내 입이 작아서 입술 위에 얹어진 립스틱을 함께 먹게 된다는 데에 있다. 내가 먹는 립스틱은 다 어디로 가는 걸까. 위에서 위산에 녹을까? 장에서 다른 음식물 찌꺼기와 함께 노폐물로 만들어질까? 색소처럼 내 장기를 다 붉은색으로 물들이는 건 아닐까? 혈관에 흡수돼서 피를 더럽힐 수도 있다. 녹지도 않고 몸 안에서 돌아다니다가 장기에 덕지덕지 붙어 호흡

나의 미친 걱정

을 방해할지도 모른다. 아니면 립스틱의 화학 성분에 중독 돼서 급사할 수도 있다.

모든 음식을 빨대로 먹을 수도 없고…. '아직 젊은데 설마 립스틱 많이 먹는다고 죽겠어?' 싶은 마음으로 오늘도 아끼는 고추장 색깔 립스틱을 바르고 외출하지만 찝찝한 마음은 지울 수가 없다.

# 천장 속 쓰레기

꼭꼭 숨겨라 쓰레기 보일라

회사 사무실 인테리어를 새로 하기로 했다. 낮은 천장을 다 뜯어서 노출식으로 만든다고 했다. 어느 날 아침, 인테리어 업체와 통화를 하고 나서 팀장님이 직원들에게 하시는 말씀.

"아니 글쎄, 천장을 뜯었더니 마포 자루랑 별의별 쓰레기가 다 나왔대요."

천장에서 쓰레기가 나왔다고? 예전에 천장 공사를 했던 업체에서 쓰레기를 내다 버리기 귀찮으니 천장 속에 다 숨겨 놓았던 것이다. 천장에 쓰레기를 숨길 수 있다니. 갑자기 여태껏 생각하지 못했던 새로운 걱정이 생겨나기 시작했다.

집 천장 속에도 쓰레기가 있으면 어떡하지? 가벼운 종이나 플라스틱 쓰레기가 숨어 있으면 다행이지만 사무실에서처럼 마포 자루 같은 물건들이 숨어 있다면 언젠가 무거워서 천장이 버티다 못해 무너질지도 모른다. 우리 집 천장이 무너지면 천장의 전체적인 밸런스가 깨져 윗집의 바닥도 안전하진 않을 것이다. 윗집에 무거운 가구가 있는 부분의 바닥이 무너져 내려 우리 집으로 떨어질 수도 있다. 그러면 그 충격으로 우리 집 바닥도 뚫리고, 그 아랫집 천장도 뚫리고…. 그렇게 아파트 전체가 무너져 내릴지도 모른다. 그럼 당연히 인명 피해도 나겠지. 천장이 언제 무너질지 모르니 예방할 방법도 없고, 그냥 꼼짝없이 당해야 한다.

언제 덮칠지, 얼마큼 큰 피해를 줄지 알 수 없으니 거의 자연재해만큼 위험하다. 천장을 다 뜯어볼 수도 없고, 이제부터 노출식 천장이 있는 곳만 골라서 다녀야 하나 걱정이다. 앞으로는 부디 이렇게 비양심적으로 쓰레기를 버리는 사람이 없기를 바라며, 천장이 무너지면 어디로 피할지 동선을 짜 본다. 책상 앞에 있을 땐 책상 아래로, 애매한 위치에 서 있을 땐 장롱 안이나 소파, 혹은 침대 아래로 들어가야지. 무거운 게 떨어지면 그것마저도 같이 무너져서 깔려 죽으려나. 아무리 머리를 써도 완벽하게 피할 방법이 없어 답답하다.

걱정인: 더 비기닝

언제부터 걱정이 많았을까? 혹시 엄마는 알고 있을까 싶어서 물어보기로 했다.

**엄마** 하여튼 너는 어릴 때부터 쓸데없는 걱정이 많았어. 일기 예보에서 강풍이 분다고 하니까 "그럼 차도 날아가겠네? 내일 엄마 운전하다가 날아가면 어떡해?"라는 거야. 가족들 다 웃었지. 너만 심각했고.

**나** 역시, 걱정인으로 성장할 운명이었네.

**엄마** 지진이 나면 어떻게 대피해야 한다, 쓰나미의 전조가

나의 미친 걱정

어떻다더라, 뉴스에서 봤는데 사람이 어떻게 죽었다더라…. 넌 정말 쓸데없는 걱정이 많았지.

**나**　쓸데없지 않은데….

**엄마**　어릴 때, 자기 전에 가스 잠갔냐고 매일 물어봤지. 잠갔다고 해도 의심이 많아서 네 눈으로 꼭 확인해야 잘 수 있었어.

**나**　가스 너무 위험해. 폭발하면 아래윗집 다 죽는다고!

**엄마**　어쨌든 지금도 그렇고 옛날에도 겁은 엄청 많아서, 롤러블레이드 탈 때도 엄마 아빠가 양쪽에서 잡아 줘야 겨우 바퀴를 굴리고 그랬지.

**나**　지금도 바퀴 달린 거 잘 못 타잖아. 사람 많은 데서는 자전거도 못 타고. 평생 운전도 못 할 거야.

어쩌면 나는 태어나는 순간에도 '이 위험한 세상에 태어나다니!' 하며 걱정을 하지 않았을까 싶다.

# PART 2
# 졸릴 틈이 없는 오후

나른한 오후.

하지만 나의 걱정은 나른해질 틈이 없다.

언제 어디서 위험 요소가 튀어나올지 몰라

신경을 바짝 곤두세워야 하는 시간이기 때문이다.

잘 읽고 계신가요?

# 회전문

타이밍이 중요해

지금 들어갈까?

자리가 넉넉해 보이는데 저 사람 뒤에 끼어서 들어갈까?

지금 들어가면 낄 것 같은데.

머리카락이나 옷자락이 끼지 않게 조심해야겠다.

만약 갑자기 문이 멈춰서 갇히면 공간이 너무 좁아서 금세 산소 부족으로 쓰러질지도 몰라.

문 안으로 들어갈 때는 천천히, 하지만 들어가서는 있는 힘껏 문을 밀어 갇히기 전에 재빨리 탈출해야겠다.

# 버블티

달지만 위험한 음료

버블티는 위험한 음료다. 달콤한 밀크티 속에 들어 있는 동글동글 귀여운 타피오카 때문이다. 씹으면 씹을수록 달고 고소한 타피오카는 자칫하다 기도를 막을지도 모른다.

버블티를 즐겨 먹던 20대 초반의 어느 날, 친구와 버블티를 한 잔씩 사서 마시며 길을 걷고 있었다. 친구가 한 이야기에 입까지 벌리고 깔깔거리며 웃다가 입안에 있는 타피오카 하나가 목에 걸렸다가 식도로 넘어갔다. 깜짝 놀라서 캑캑거리며 친구에게 방금 타피오카 하나가 목구멍으로 넘어갔다고 걱정스럽게 이야기했는데 들은 척도 하지 않았다. 그게 무슨 큰일이라는 듯이 말이다. "식도로 넘어간 게 다행이지. 만약에 기도로 넘어갔어 봐. 이거 잘하면 사람 죽이겠네!"라고 말했지만 무시당했다. 그 일이 있고 난 뒤에 나는 다른 친구들에게 버블티가 위험한 음료일 수 있다고 경고를 하며 다녔다. 그러나 하나같이 별 쓸데없는 걱정을 다 한다며 핀잔을 줬다.

나는 아직도 버블티를 좋아하지만 숨넘어갈 듯 웃긴 상황이나 급하게 무슨 말을 해야 할 때는 절대 입안에 타피오카를 넣지 않는다. 기도로 넘어가면 죽을 수도 있으니 말이다.

# 생선 가시

무서운 반찬

가는 갈치 뼈가 목에 걸렸다. 갑자기 덜컥 무섭다. 어렸을 때 생선 가시가 목에 걸리면 밥 한 숟가락을 떠서 꿀꺽 삼키곤 했는데 어디서 그게 위험한 대처라고 들은 것 같다. 물을 마셔 봐도 쉽게 내려가지 않는다. 가시가 목 주변 살을 찔러 갑자기 죽으면 어떡하나 걱정이 된다. 그렇지만 가족들에게 괜히 엄살떠는 것처럼 보이기 싫어서 아무 일 없다는 듯이 계속 밥을 먹어 본다.

드디어 다른 반찬의 무게에 밀려 걸렸던 가시가 식도를 타고 위로 내려간다. 다행이다 싶은데 이젠 또 위가 걱정이다.

가시가 위를 찔러서 위에 구멍이 뚫리면 어떡하지? 뚫린 구멍으로 위산이 새어 나가 장기를 녹이면 어떡하지? 그 전에 독한 위산이 가시를 녹여 주려나? 갈치 가시는 얇아서 그냥 소화될지도 몰라. 제발 그냥 녹아서 없어지면 좋겠다.

아, 이럴 줄 알았으면 생물 공부 좀 열심히 해둘 걸….

개인 정보 공유 중

요즘은 대부분의 은행이나 쇼핑몰, 카페에서도 공용으로 사용할 수 있는 충전기가 있다. 하지만 아주 급할 때가 아니면 사용이 꺼려진다. 충전 선이나 충전기를 통해 개인 정보가 해킹될 가능성이 있기 때문이다. 가정용 CCTV까지도 해킹하는 세상인데, 공용 충전기를 통해 스마트폰 속 개인 정보를 유출하지 말라는 법은 없다.

하루에 100명이 공용 충전기를 이용한다면 1달 동안 3,000명의 개인 정보를 유출할 수 있다. 1년이면 36,500명. 이런 방법으로 684대의 충전기가 사용된다면 1년 동안 우리나라 인구 절반의 개인 정보를 가져갈 수 있다는 말이다. 그럼 그 정보를 관리하는 사람이 결국 우리나라를 지배하는 사람이 되는 건가?

사실 나는 해킹이나 충전기가 작동하는 원리 같은 건 하나도 모른다. 정말 해킹당하는 것이 두렵다면 그것부터 공부하는 게 순서일 텐데, 나는 참 게으른 *걱정인(人)이다.

---

* 걱정+사람(人)의 합성어로 종일 걱정을 달고 사는 사람을 지칭하기 위해 직접 만든 말이다. 이 책에서 심심치 않게 등장할 예정이다.

# 커피믹스

뜨거운 안녕

봉지를 뜯어서 종이컵에 가루를 털어 넣고 뜨거운 물을 부은 다음, 봉지로 360° 휘휘 저어 호로록. 마시기 전에 향을 음미하는 건 개인의 취향.

커피믹스를 보면 자동으로 떠오르는 정감 가는 장면이다. 그런데 이 달콤한 장면에 한 가지 오류가 있으니 바로 커피믹스 봉지이다. 뜨거운 물에 플라스틱을 넣으면 나오는 환경 호르몬!

뜨거운 커피를 보고 환경 호르몬은 마치 온천을 본 것처럼 '와 뜨거운 액체다!' 하며 봉지에서 커피로 스르륵 자리를 옮긴다. 따뜻한 커피에서 잠시 몸을 릴랙스시키던 환경 호르몬은 이제 커피를 마시는 사람의 몸속으로 흘러 들어간다. 계속 뜨거운 액체에서 몸을 데우고 싶은데 갑자기 37.5도의 애매한 온도에 적응해야 하는 상황에 놓인 환경 호르몬은 스트레스를 받는다. 그러다 마음이 삐뚤어져 '감히 내 유일한 행복을 건드려?' 하며 몸 구석구석으로 퍼져 장기를 공격한다. 그렇게 계속 공격받던 장기들은 하나둘씩 죽어 가고, 그저 맛있게 커피를 마신 잘못밖에 없는 그 사람은 목숨을 잃는다.

환경 호르몬이 나온다는 사실을 알면서도 귀찮아서 '한 번은 괜찮겠지' 하며 봉지로 뜨거운 커피를 젓는 일은 절대 하지 말아야겠다. 커피를 젓기 전에는 꼭 환경 호르몬의 욱하는 성질을 기억하자. 커피믹스 때문에 건강했던 장기들이 하나둘씩 죽어 간다고 생각하면 너무 억울하니까.

# 택배

아찔한 언박싱

택배가 도착했다는 문자는 언제나 너무 설레지만, 상자를 열기 전엔 조금 긴장된다. 테러리스트들이 내가 온라인에서 무엇을 주문했는지 미리 정보를 입수해서 진짜 택배를 보낸 것처럼 그럴듯하게 위장해 폭탄을 보냈으면 어떡하나 하며 조금 불안한 마음으로 택배 상자를 뜯는다. 밥통으로도 폭탄 제조가 가능한데, 택배에 폭탄을 숨기는 일쯤은 테러리스트에게 너무 쉬운 일 아닐까? 게다가 세계에서 가장 택배 시스템이 발달한 대한민국에서라면 더더욱! 택배를 뜯을 때마다 이런 걱정을 해야 한다는 게 슬프고 무섭다. 내가 폭탄 때문에 죽게 되면 귀신 돼서 테러리스트들다 잡아갈 테다!

# 해킹

떳떳합니다만

회사 일이 많지 않은 날이 있다. 가만히 앉아서 허공만 보고 있을 순 없으니 개인 메일도 확인하고, 친구와 메신저로 대화를 나누기도 하고, 온라인 쇼핑몰도 몇 번 왔다 갔다 하고, 일과 전혀 관련 없는 기사를 읽기도 한다. 그런데 개발자가 많은 회사에 다니다 보니 이게 영 찜찜하다. 혹시나 개발자 중 한 명이 내 컴퓨터를 해킹해서 실시간으로 보고 있으면 어떡하지? 온라인 결제할 때 카드 정보나 집 주소가 유출될 테고 내가 이 책을 쓰고 있다는 것도 들킬 것이다. 그리고 무엇보다 친구들에게 회사 불평한 걸 하나하나 다 읽고 있으면 어떡하지? 읽기만 하면 다행인데 대화 내용을 다 저장해 놨다가 출력해서 윗분들에게 보고라도 하면 정말 큰일이다. 그럼 그날로 당장 잘릴지도 모르겠다. 살리지 않더라도 회사에 나의 불평불만이 퍼질 것이고, 어쩌면 창피해서 내 발로 회사를 나와야 할지도 모르겠다. 이 참에 가고 싶었던 다른 회사에 자리가 있는지 알아봐야 하나 싶다.

아니다! 가만 생각해 보니 잘릴 정도로 심하게 이야기하진 않은 것 같은데 억울하다. 나는 그냥 더 효율적인 업무 환경을 희망해서 조금 공격적으로 말한 것뿐인데…. 내 컴퓨터를 해킹하는 개발자가 더 나쁜 거 아닌가. 개발자와 싸움이 날 수도 있으니, 이길 수 있도록 논리정연하게 말을 정리하는 게 좋겠다. 나는 회사의 발전을 위해서 불만을 표출한 것이지만 그 개발자는 오로지 자신의 재미를 위해 해킹을 한 것일 테니 이 싸움은 나에게 99% 정도 더 유리하다. 운영진이 해킹할 정도로 머리가 좋은 인재라고 판단해 그 개발자 대신 나를 자를지도 모른다는 1%의 변수가 있긴 하지만.

어쨌든 내 컴퓨터가 내부자에 의해 해킹을 당하더라도 어떻게 대처를 해야 할지 머릿속에 대충 그림을 그려 놨으니 마음이 조금 편해졌다. 이젠 안 바쁠 때 조금씩은 딴짓을 해도 불안하지 않을 것 같다. 그런데 갑자기 우리 회사 개발자분들이 이 글을 읽게 될까 걱정된다. 그분들이 나빠서 이런 걱정을 하는 건 아닌데 괜한 오해를 살 것 같다. 필명을 하나 만들어서 책을 내야 하나 고민이다.

# 바늘

건강해지는 거 맞나요

예방 주사나 체할 때 쓰는 사혈 침처럼 몸에 잠깐 들어 갔다 나오는 바늘은 별로 무섭지 않다. 정말 무서운 것은 한방 침이나 링거 주사처럼 피부나 혈관 속에 오래 머무는 바늘이다.

혈액 순환이 안 될 때 가끔 한의원에 들러 다리에 침을 맞는데, 침을 맞고 있는 20분이 2시간처럼 느껴진다. 혹시 내가 조금이라도 움직이면 침이 다른 혈을 찔러 온몸이 마비되지 않을까 걱정된다. 침이 몸에 박힌 순간부터 20분 동안 부동자세를 유지하다 보면 온몸의 근육이 경직돼 몸이 더 찌뿌드드한 기분이 든다. 몸속의 피는 순환할지 몰라도 근육은 더 뭉친다.

링거를 맞을 때 내가 움직이면 주삿바늘이 혈관 속에서 요리조리 허우적대다 혈관 벽을 찔러 혈관이 터질 것 같다. 피부 속에서 일어난 혈관 폭발은 겉으로 보이지 않아, 몸속 이 피범벅이 되는 것도 모르고 서서히 죽어갈 것이다.

의료 기구나 혈관이 나의 상상처럼 허술하게 만들어졌 다면 나는 이미 이 세상에 없을 테지만, 그래도 바늘이 몸 에 들어갈 때마다 느끼는 불안은 없앨 방법이 없다.

# 변비

노폐물 공동체

내 장은 글러 먹었다. 주인을 닮았는지 운동하는 걸 극도로 싫어한다. 입으로 들어가는 것들이 다 어디로 가는지 몰라도 장은 아닌 것 같다. 배변 활동은 몸속의 노폐물을 빼내는 아주 중요한 신체 활동인데 나의 노폐물은 다 어디에 있는 걸까.

종종 노폐물의 여정을 상상하곤 한다. 영양분은 쏙 빠지고 쓸데없는 것으로만 구성된 그 노폐물은 아마 피를 타고 몸 구석구석을 여행 중일 것이다. 그러다 지치면 맘에 드는 장기에 걸터앉아 휴식을 취하겠지. 휴식의 달콤함에 빠진 나머지 남은 여정을 마치지 못하고 그곳에 남아 지나가는 다른 노폐물에게 같이 쉬어 가자고 유혹할지도 모른다. 그러다 노폐물들이 공동체를 만들고 원래 장기가 차지하던 자리를 조금씩 빼앗는다. 나도 모르는 사이에 노폐물에게 지배 당해 잔병치레를 면치 못하는 삶을 산다.

유산균아. 식이섬유야. 대장균아. 노폐물에게 잡아먹히지 않도록 너희가 나 좀 도와줘, 제발.

# 딸꾹질

멈추어다오

help me!

일 년에 한 번 할까 말까 하는 딸꾹질. 그런데 한 번 나기 시작하면 신기할 정도로 멈출 생각을 안 한다.

어릴 때 본 어느 TV 프로그램에 따르면, 병원 응급실에 1년에 한두 명의 딸꾹질 환자가 찾아온단다. 의사들이 깨끗한 거즈로 환자의 혀를 잡고 쭉 잡아당기면 딸꾹질이 멈춘다고. 방송을 본 후, 딸꾹질할 때마다 이 방법을 써 보려 노력하지만, 혀의 끝이 뽑힐 것 같아 생각보다 쉽지 않다. 혹시 내가 너무 세게 잡아당겨서 혀의 뿌리가 뽑히는 건 아닐까 싶어 살살 잡아당긴다. 살살해서 딸꾹질이 멈추면 누가 병원

나의 미친 걱정

에 갈까 싶지만, 혀의 뿌리를 보고 싶지 않아 도저히 세게 당길 수가 없다. 혹시라도 혀가 뽑히면 평생 아무 맛도 느끼지 못하고 살아야 할 거다(맛있는 음식을 사랑하는 나는 이게 가장 두렵다). 혀가 없으면 아밀라아제는 어떻게 만들어지고 목뒤로 음식이나 액체는 어떻게 넘길까. 한국어도 영어도 절대 지금처럼 똑바로 발음할 수 없을 것이다. 혀가 없는 사람으로 TV에 출연할지도 모르나, 세간의 관심에 스트레스로 머리카락마저 다 빠질 수도 있다.

딸꾹질을 멈추려 소심하게 혀를 살짝 잡아당겨 보지만 별로 효과가 없다. 엎드려서 물을 마시고 숨을 참아 보고 별짓을 다 해 봐도 딸꾹질이 멈추지 않아 응급실에 가 볼까 생각을 하는 찰나에 꼭 딸꾹질이 멈춘다. 걱정한 시간이 아깝게 말이다.

# 상처

반창고의 반란

손에 상처가 나서 반창고를 붙인다.

**상처**      야, 나 숨 좀 쉬자. 너무 답답해.

**반창고**     안 돼. 난 널 보호하고 있는 거야. 잠자코 있어.

손을 닦는다.

**상처**      야! 물 들어왔어! 너무 습해! 빨리 떨어져!

**반창고**     난 널 보호하고 있는 거라니까. 말 더럽게 안 듣네!

혼 좀 나야겠어. 습기가 찼으니 곰팡이 만들기 딱 좋은 환경이군. 괘씸한 것, 곰팡이 공격을 받아라!

상처에 곰팡이가 생기고, 그 상처는 점점 더 커져 큰 병원에 가지 않으면 안 될 정도로 악화한다.

내가 상처가 나도 웬만하면 반창고를 붙이지 않는 이유다.

# 지압 슬리퍼

의심병

혈액 순환이 잘되라고 지압 슬리퍼를 한 켤레 샀다. 발바닥이 닿는 부분에 돌멩이들이 콕콕 박혀 있는 슬리퍼다. 걸을 때마다 아픈 걸 참으며 신고 있는데, 문득 슬리퍼의 돌멩이가 혈 자리를 잘못 짚어서 오히려 몸이 안 좋아지면 어쩌나 무서워졌다. 예를 들면, 위액이 많이 분비되는 혈을 위가 건강해지는 혈 자리인 줄 알고 계속 누른다. 그럼 위산이 과다 분비되어 위염이 생기고 매일 속 쓰림에 시달릴 것이다. 위산이 역류해 역류성 식도염까지 걸릴지도 모른다. 필요 이상으로 발바닥을 고통스럽게 만들어서 혈관이 눌

리거나 터지면 어쩌나 하는 걱정도 든다. 체중과 뾰족한 돌 사이에 눌린 혈관은 오히려 혈액 순환을 막고, 그럼 피가 제대로 돌지 못해 부종은 더 심해지고 장기에 피가 제대로 공급되지 못해 몸은 더 병들어 갈 것이다.

지압으로 건강해지려다 괜히 발만 아프고 건강을 잃을 지도 모르겠다. 지압 슬리퍼 말고 지압 양말 같은 게 나오 면 좀 더 정확하게 혈 자리를 누르는 데 도움이 되려나? 가 끔 가는 한의원의 한의사 선생님과 협업으로 지압 양말을 제작해서 팔아 볼까 하는 생각도 잠시, 지압이 잘못돼서 몸 이 망가졌다며 의료 소송(?)이 들어올까 봐 무서워서 관두 기로 한다.

# 부탄가스

펑

곱창볶음, 감자탕, 즉석 떡볶이, 매운탕. 일명 '부르스타'라 불리는 휴대용 가스레인지를 이용해 즉석에서 조리해 먹어야 맛있는 음식들이다. 자다가도 벌떡 일어나 먹을 만큼 좋아하는 음식들이지만 먹는 내내 맘이 편하진 않다. 휴대용 가스레인지에 들어가는 부탄가스가 언제 터질지 모르기 때문이다. 특히 가스가 조금밖에 남지 않아 불이 붙지 않을 때가 가장 무섭다. 혹시라도 남아 있는 가스가 새어 나와 음식점 어딘가 있을지 모를 인화성 물질과 결합해 펑 하고 터질 것 같다.

나의 미친 걱정

한 번은 부모님과 김치찜을 하는 식당에 갔는데 아르바이트생이 휴대용 가스레인지를 잘 다루지 못했다. 가스가 충분하지 않은지 불도 잘 켜지지 않았다. 그는 계속 부탄가스를 흔들었고 가스레인지에 꼈다 빼기를 반복했다. 부모님은 아무 일도 없다는 듯 너무나 평온한 얼굴로 대화를 나누고 계셨는데, 나는 그 가스레인지가 터질 것만 같아서 의자를 조금씩 뒤로 빼고 있었다. 마치 누군가 풍선 앞에 바늘을 들이밀어 터트린다고 협박하는 상황을 보고 있기라도 하듯 미간이 찌푸려졌다. 폭발 소리에 대비해 손은 이미 귀를 가리고 있었다. 의자를 더 뒤로 뺄 수 없어 자리에서 일어나 식당 저 멀리 대피했다. 아르바이트생은 멋쩍어 하고 다른 손님들은 나를 이상한 시선으로 쳐다봤다. 부탄가스 흔들기를 10번 넘게 시도한 뒤에야 마침내 가스레인지에 불이 붙었다. 그때까지도 부모님은 내가 피한 줄도 모르고 대화를 나누고 계셨다. 세상에, 부탄가스 앞에서 저렇게 태연할 수 있다니.

나는 이 세상의 모든 가스레인지가 전기 레인지(일명 인덕션)로 바뀔 때까지 가스 폭발에 안심하지 못할 것 같다.

물론 전기로 바뀌어도 합선이나 감전으로 인한 화재 가능
성에 또 겁을 먹겠지만.

# 위험한 조합

세정제 + 바람

해가 쨍쨍한 어느 맑은 날, 길을 걷고 있었다. 몇 걸음 앞에 안경집이 보였는데 마침 직원이 유리창 청소를 하기 위해서 세정제와 걸레를 들고나왔다. 내가 안경집 유리창 가까이에 다다랐을 때 직원이 칙 하고 세정제를 뿌렸다. 바람한 점 불지 않는 날씨였기에 안전한 순간이었다.

만약 세정제를 뿌리는 순간에 내 쪽으로 바람이 불었다면 어땠을까? 분사된 세정제가 미스트처럼 날아와 얼굴에 닿으면 피부가 썩어 들어갈지도 모른다. 입을 벌리고 있었다면 세정제를 삼키고 독극물 중독으로 갑자기 쓰러질 수도 있다. 눈에 들어갔다면 실명되었을지도 모른다.

바람 부는 날엔 밖에서 유리 세정제를 절대 뿌리지 말라고 뉴스에서 말해 주면 좋겠다. 하지만 이 사실이 언제 뉴스에 나올지 모르니 최대한 많은 사람이 이 책을 읽고 부디 바람과 세정액의 조합이 얼마나 위험한지 알았으면 좋겠다.

상상해 보라. 분사기에 담긴 화학 물질이 바람을 타고 얼굴로 날아오는 것을. 너무 끔찍하지 않은가.

# 그네

두발 제한 구역

요즘은 모르겠지만, 내가 어렸을 땐 놀이터 그네 손잡이가 체인 모양의 철 고리였다. 고리가 엮인 작은 틈으로 손가락 살이 집히는 일이 더러 있어서, 늘 조심조심 손잡이를 잡곤 했다. 하지만 사실 내가 가장 두려워했던 건 그 철 고리 틈에 머리카락이 끼는 것이었다. 머리카락 몇 가닥이 꼈는데 그것도 모르고 그네에서 뛰어내린다거나 고개를 앞으로 확 숙인다면? 두피가 쑥 하고 벗겨져 벌건 내피가 드러날 것 같았다. 두피를 다시 이식할 수 없어 평생 대머리, 아니 정확히 말하자면 혈관이 다 보이게 내피를 겉으로 드

나의 미친 걱정

러내고 다니는 사람이 될까 무서웠다.

　이제 와 생각해 보면, 머리카락이 그렇게 강하게 두피를 붙잡고 있다면 누가 탈모 걱정을 할까 싶다. 아, 그렇지만 머리를 묶었을 땐 이야기가 또 다르다. 묶인 머리 뭉텅이가 그 틈에 끼면 어떻게 될까. 뭐든 뭉치면 힘이 세지는 법. 머리카락 뭉텅이가 끼면 정말 두피가 통째로 벗겨질지도 모른다.

# 포니테일

싹둑

포니테일 스타일로 머리를 묶고 길을 걷고 있으면 갑자기 뒤에서 누가 가위로 머리를 싹둑 하고 잘라 갈 것 같다. 아무래도 풀어헤친 머리보단 단정히 묶여 있는 머리가 가위질하기 편할 테니 말이다.

돈이 되는 건 뭐든지 훔치는 도둑이 있다면, 내 머리카락도 안전하진 않다. 행여 상할까 봐 트리트먼트와 에센스로 관리하는 내 머리카락은 어쩌면 머리카락 시장에서 꽤 좋은 값을 받을지도 모르니까 말이다.

# 플랫폼

이렇게 죽을 수는 없지

안전문이 없는 지하철이나 기차 플랫폼이 있다. 그런 곳에 가면 최대한 플랫폼 끝에서 멀리 떨어져 열차를 기다린다. 뒤에 벽처럼 기댈 것이 있으면 더 좋다. 괜히 플랫폼 앞쪽에 서 있다가 열차가 들어올 때 누가 밀기라도 하면 내 인생은 거기서 끝이 날 것이 뻔하기 때문이다. 그저 열심히 일하던 열차 운전사는 또 무슨 죄란 말인가.

만약 진짜 그런 일이 일어난다면 열차에 치이기 직전까지 범인 잡으라고 고래고래 소리를 지를 것이다. 그래야 죽건 살건 덜 억울할 것 같다.

# 비상구

영웅의 탄생

나의 미친 걱정들을 친구에게 고백한 후 나눈 대화.

**친구**   그럼 영화관 같은 데서 비상구도 다 확인해?

**나**   비상구? 그건 당연히 알고 있어야 하는 거 아니야? 영화 시작하기 전에 비상구 위치 알려 주잖아.

**친구**   그렇긴 한데…. 나는 그거 절대 안 보거든. 비상구 위치 확인한다는 사람 처음 봐.

**나**   뭐? 그걸 왜 안 봐? 영화 보다가 불나면 어떡해?

**친구**   그럼 그냥 사람들 따라 나가는 거지 뭐.

**나**　　그러다 진짜 불나면 우왕좌왕하다가 연기 다 들이마신다! 안전 불감증이야, 안전 불감증!

**친구**　불 절대 안 나!

　정말 나만 비상구 위치를 확인하나? 그러다 진짜 불이 나거나 갑작스럽게 사고가 발생하면 내가 리드해서 사람들을 비상구로 데리고 나가야 하나? 이제 사람들을 안전하게 구하겠다는 사명감을 가지고 영화관에 들어가야 하나 싶다. 영화 보기 전에 비상구 위치는 꼭 확인합시다!

　나의 미친 걱정을 고백한 후, 주변에서 자신의 걱정을 내게 공유하기 시작했다. 들어보면 분명 걱정이 맞긴 맞는데, 묘하게 내 것과는 조금씩 달랐다. 그래서 내 멋대로 걱정의 유형을 3가지로 나눠 보았다.

　**A. 미신 맹신 유형**　　세상의 미신이란 미신은 다 믿는 유형. 친구 A가 이 유형에 속하는데, 무서운 이야기를 하다가 갑자기 손으로 입을 쓱쓱 턴다. 말이 허공에서 맴돌다가 안 좋은 기운이 되어 자기 기운에 스며든다나…. 이런 유형

은 내게도 너무 신기하다. 이 외에도 빨간색으로 이름을 쓰면 나쁜 일이 생길까 봐 전전긍긍하고, 밤에 손톱을 깎으면 큰일 나는 줄 아는 걱정인들이 이 유형에 포함된다.

**B. 안전 세심 유형**　　내가 속한 유형이다. 나의 걱정 지분의 약 70%는 안전과 관련이 있다. 다치는 게 무섭고, 아픈 게 싫고, 누가 공격할까 봐 무섭고, 언제 어디서 뭐가 날아와 나의 목숨을 빼앗아 갈지 모르는 두려움으로 하루하루를 살아가는 유형. 겁이 많고 의심이 많으며, 자연재해, 범죄, 질병 관련 키워드에 예민한 것이 특징이다.

**C. '공포 영화를 너무 많이 봤다' 유형**　　공포 영화 속 장면이 실제로 일어날까 봐 불안해하는 유형이다. 예를 들어, 귀신이 발을 잡아 끌고 갈까 봐 푹푹 찌는 한여름에도 발은 꼭 이불로 감싸고 자는 걱정인들이 이 유형에 속한다. 가위에 눌려서 귀신을 볼까 무서워한다거나, 귀신이 어깨 위에 앉아 있어서 어깨가 아픈 것 같은 걱정을 하는 사람들이다. 내 걱정의 10% 정도가 이 유형에 속한다.

# PART 3
# 퇴근길 걱정 한 잔

하루가 거의 다 갔다고 안심해서는 안 된다.
해가 지기 시작하면 낮엔 보이지 않았던 걱정들이
스멀스멀 올라오기 시작한다.
도대체 몇 시가 되어야 걱정이 완전히 사라질까.

# 보조 배터리 없는 날

걱정 배터리는 100%

80%: 아직 넉넉하군.

65%: 좀 불안한데. 인스타그램 그만 보고 음악만 들어
야지.

50%: 어떡하지. 꺼질 것 같아.

35%: 아무래도 안 되겠다. 비행기 모드!

21%: 이제 곧 빨간 불이 들어오겠군.

15%: 오늘따라 버스가 왜 이렇게 느리지. 꺼지기 전에
집에 도착해야 하는데.

2%: (핸드폰에 충전기를 꽂으며) 아, 살았다!

# 인터넷 뱅킹

감시자들

겨우 서 있을 정도로 사람이 꽉 찬 지하철. 습관적으로 핸드폰을 보다가 은행 앱에 접속한다. 로그인하고 잔액을 확인한다. 그런데 갑자기 옆에 다닥다닥 붙어 있는 사람들이 내 은행 정보를 외워 갈까 봐 불안하다. 너무 가까이 붙어 있어 핸드폰 화면이 충분히 다 보이고도 남는다. 잔액과 함께 계좌 번호가 떡하니 대놓고 노출되어 있는데…. 다음 정거장에 도착할 때까지 남은 시간은 1분 정도. 그 시간이면 숫자 12자리를 외우기에 충분하다. 계좌 번호를 몰래 외우고 있다가 본인 핸드폰 메모장에 기록해 둔 다음, 나의 은행 정보와 개인 정보를 모두 도용해 버리는 건 아닐까? 보이스 피싱 범죄자에게 그 정보들을 팔아 버릴지도 모른다. 해킹해서 잔액을 모두 털어갈 수도 있다.

다른 사람의 핸드폰 화면이 잘 보여도 너무 잘 보이는 만원 지하철에서는 절대 개인 정보가 노출될 만한 앱을 켜면 안 되겠다. 은행 앱은 물론이고, 사생활이 담긴 SNS와 사진 앱까지 사람이 없는 곳에서만 접속해야 한다. 이제부턴 팔짱을 끼고 음악이나 들으면서 사람이 어느 정도 빠질 때까지 조심하고 의심해야겠다.

# CCTV

잘 찍고 있니

요즘은 어디에서든 CCTV를 볼 수 있다. 이 수많은 카메라가 진짜 열심히 작동하고 있는 걸까? 소매치기, 납치를 당하거나 누가 칼이나 총을 들고 위협을 가할 때, CCTV가 잘 찍어놔야 나중에 범인을 잡을 텐데 말이다.

그런데 카메라를 그냥 겁만 주려고 장식으로 달아 놨을지도 모른다. 아니면 관리자가 깜빡하고 녹화 버튼을 누르지 않아 아무것도 기록되지 않을 수도 있다. 누군가 해킹을 해서 카메라 각도를 슬쩍 틀어 버릴지도 모른다. 그럼 종일 바람에 나무 흔들리는 장면만 찍히겠지. 전날 밤에 술에 취한 사람이 돌을 던져 카메라가 파손됐는데, 채 고치기도 전에 범죄가 발생할 수도 있지 않을까. 이 모든 가능성이 실제로 일어난다면 범인을 잡을 수 있는 결정적인 증거가 사라진다. 생각만으로도 억울하고 화가 난다.

미래엔 CCTV가 위험한 상황을 감지하면 나쁜 짓을 하려는 사람에게 레이저를 쏘거나, 본체와 분리되어 날아가 전기 충격기로 작동하면 좋겠다. 그럼 나쁜 사람도 잡고 카메라가 잘 작동하고 있는지 눈으로 직접 확인도 할 수 있을 테니 말이다.

# 술

걱정은 절대 취하지 않지

믿거나 말거나, 걱정이 많으면 술에 안 취한다. 걱정들이 숙취 해소제보다도 강력한 힘으로 제정신을 너무 잘 붙들어 주기 때문이다. 아래의 걱정들을 하다 보면 취기에 기분이 알딸딸하다가도 점점 제정신으로 돌아오는 나를 발견할 수 있다.

- 집에 어떻게 가지? 1시간 후에 지하철 타면 12시 전에 동네에 도착할 수 있겠다. 만약에 버스를 놓치면 택시를 타야 하는데 얼마나 나오려나. 한 7천 원 정도 나오겠지.
- 술 취해서 나도 모르게 욕하거나 이상한 말을 하면 어떡하지? 평소랑 180° 다른 모습에 친구들이 놀라서 나를 무서워하면 어떡하지?
- 쟤 취해서 집에 가는 길에 나쁜 사람 만나서 무슨 일 당하는 거 아니야? 데려다줄까?
- 택시를 태워 보내는 게 낫겠지? 택시 기사가 알고 보니 납치범이면 어떡해. 집에 안 데려다주고 이상한 데로 끌고 가는 거 아니야?
- 술 마시고 잠들면 깨기 힘든데. 지하철에서 절대 잠들지 말

아야지. 못 내리고 종점까지 가 버리면 큰일 나니까.

- 내일 숙취가 심할 것 같으니까 위를 보호할 음식을 먹고 자야겠다. 요거트나 달걀프라이, 초코우유나 숙취 해소제가 좋겠어. 내일 아침엔 라면으로 해장해야지.


그렇다. 즐겁게 웃고 떠들며 술을 마시는 중에 나는 이런 걱정을 한다. 그래서인지 술을 마시고 기억이 끊기거나, 다음날 이불 킥을 유발하는 실수를 하거나, 같이 술을 마시는 사람들보다 먼저 잠이 든 적이 한 번도 없다. 이건 내가 술을 잘 마시기 때문이 아니라, 나의 미친 걱정들이 알코올보다 강력하기 때문이리라. 나는 취해도 괜찮으니 제발 나를 떠나다오. 걱정들아!

# 아이스 스케이트

살벌한 레이스

이 글을 쓰는 지금은 2018 평창 동계 올림픽이 한창인 시기다. 스포츠를 잘 모르는 나도 이 시기엔 다양한 경기를 찾아보며 응원을 한다. 어제저녁, 스피드 스케이팅 경기를 보는데 오래전 경기를 볼 때 떠올렸던 걱정이 또 꼬물꼬물 올라왔다.

날카로운 날이 달린 스케이트를 신고 빠른 속도로 달리는 선수들. 종종 힘 조절 실패, 동선 꼬임, 다른 선수의 방해 등의 이유로 경기 중에 넘어지는 일이 있다. 물론 넘어지는 방법도 훈련이 되어 있는 선수들이겠지만, 혹시나 넘어졌는데 넘어진 몸 위로 뒤에서 오는 선수가 지나갈까 무섭다. 미처 피하지 못한 팔이나 손가락 위로 쌩하고 지나가면 어쩌나 걱정이다. 날카로운 스케이트 날에 팔이나 손가락이 잘려 나가면 어떡하지. 잘린 손가락이 미끄러운 링크 위로 피를 쏟으며 돌아다니면 어떡하지. 그래도 손가락이면 그나마 다행이지 않을까. 넘어져 빙글빙글 돌다가 목이 베일 수도 있다. 피로 물든 아이스 링크를 상상하니 온몸에 닭살이 돋는다.

쓸데없이 너무 잔인한 상상이라는 걸 알지만, 경기 때마다 혹시 모를 사고에 대비해 눈을 게슴츠레 뜨고 눈을 가릴 수 있게 양손을 준비시켜 놓는 일을 4년마다 반복하고 있다.

Be careful!

# 안전벨트

안전벨트는 정말 '안전'할까

상체가 짧아서인지 몸의 비율이 이상해서인지 안전벨트를 하면 벨트가 목이나 쇄골에 불편하게 닿는다. 까슬까슬한 안전벨트의 테두리가 목과 쇄골에 닿을 때면 징그러운 상상을 멈출 수가 없다. 혹시 차가 급정지하거나 사고가 나서 어디로 굴러떨어지면, 날카로운 안전벨트 테두리가 내 목을 그어 동맥이 터져 죽을 것 같다. 그나마 쇄골을 그으면 다행이다. 뼈만 다치고 목숨을 건질 수 있으니 말이다. 아, 뼈가 잘려서 목을 찌를 수도 있겠구나….

이런 안전벨트를 100% 믿을 수 있을 때는 한겨울에 목과 쇄골을 감싸 주는 터틀넥 스웨터를 입을 때뿐이다. 사실 터틀넥 스웨터를 입어도 목에 벨트가 덜 느껴질 뿐이지 더 안전해지는 것은 아니다. 뼈도 자를 수 있는데 힘없는 섬유 따위를 자르지 못할까…. 마네킹으로 자동차 충돌 테스트를 하는 것처럼 안전벨트가 목과 쇄골을 다치게 하지 않는지에 대한 테스트도 해 주면 참 좋겠다(가 아니라 꼭 해야 한다고 생각한다).

# 광역 버스

도로 위의 롤러코스터

고속 도로에서 커브를 돌 때 속도를 줄이지 않는 버스가 종종 있다. 그럴 땐 커브를 도는 순간 저항을 이기지 못해 도로 밖으로 튕겨 나갈 것 같다. 특히, 적어도 아파트 5층 높이는 돼 보이는 높은 도로의 커브를 돌 때면 가드레일 밖으로 추락할까 봐 조마조마하다. 버스가 통째로 떨어지면 어떤 기분일까. 롤러코스터를 타는 것 같을까? 앞쪽부터 떨어지면 내 머리도 어딘가에 부딪혀 즉사할 텐데. 차라리 뒤로 떨어지는 게 낫겠다. 뒤쪽으로 떨어지면 적어도 의자가 내 허리는 받쳐서 보호해 줄 테니까. 하지만 허리가 충격을 받아서 지금처럼 건강하게 앉거나 서지는 못할 것 같다. 바퀴로 떨어지면 좋겠다. 타이어는 고무니까 충격을 조금 완화해 줄 것이다. 그럼 살 수 있는 확률이 높아지겠지.

버스를 탈 때마다 '기사님, 제발 속도 좀 줄여 주세요. 이러다 튕겨 나가겠어요'라고 소심하게 텔레파시를 보내지만, 아직 그 텔레파시가 통한 적은 단 한 번도 없다.

# 지방

혀와 내장의 동상이몽

'초코파이에 들어간 마시멜로는 살로 가서 지구를 10바퀴 돌아도 안 빠진대!' 초등학교 때 친구가 흥분하며 들려준 루머다. 진짜인지 가짜인지 몰라도 그 후로 하얗고 부드러운 것만 보면 몸속에서 딱딱하게 굳어버린 지방이 떠오른다.

부드러운 시트지가 감싸고 있는 롤케이크의 두툼한 생크림, 쌉싸름한 커피 위에 살포시 얹힌 아인슈페너의 달콤한 크림, 핫초코 속에 퐁당 빠져 있는 귀여운 마시멜로, 따뜻한 와플 위에서 녹는 새하얀 생크림, 햄버거와 샌드위치를 훨씬 감칠맛 나게 만들어 주는 마요네즈까지.

혀가 느끼는 행복은 잠시, 지방은 곧 식도로 흐르며 번들번들 기름칠한다. 위에 들어가서도 다른 음식물과 섞이지 못해 둥실둥실 떠다닌다. 우선순위인 탄수화물에 밀려 미처 에너지원으로 쓰이지 못한 지방은 몸 여기저기를 떠돈다. 이 장기 저 장기를 돌아다니며 얇은 기름 막을 씌운다. 혈관에 기름때가 끼고 간과 장에 붙은 지방은 딱딱하게 굳어 제 기능을 못한다. 주방세제로 씻지 않는 이상 깨끗하고 기름기 없는 장기로 돌아갈 수는 없다. 이렇게 내 몸을 이

루는 하나하나가 서서히 제 기능을 잃고 죽어 간다.

　이런 걱정을 할 때마다 인간의 몸이 너무 밉다. 내 혀만큼 장기도 맛있는 음식을 즐겨 주면 좋을 텐데 말이다.

# 밤

호신술: 마트 권법 1장

◯

캐나다에서 자취했던 시절, 가끔 밤에 혼자 장을 보러 가곤 했다. 한국처럼 집 앞에 편의점이 없어 장을 보려면 적어도 20~30분은 걸어야 했다. 어둡고 조용한 길을 걸어 집으로 돌아갈 때면 괴한이 나타날까 불안했다. 그러면 오늘 뭘 샀는지, 장바구니 안에 뭐가 들었는지 되새겼다.

**사과**　　저 멀리서 나를 해코지하려고 달려오면 사과를 얼굴에 던지고 도망가야지. 이왕이면 야구공을 던지는 것처럼 팔에 힘을 주어서 세게!

| | |
|---|---|
| **참치 통조림** | 비닐봉지에 통조림통을 담아서 휙휙 돌린 다음 투포환처럼 던져야지. |
| **요거트** | 앞을 보지 못하게 눈앞에 뿌리고 도망가야지. |
| **시리얼** | 얼굴이랑 입속에 마구 들이붓고 도망가야지. 그럴 시간이 없으면 시리얼 박스 모서리로 눈알을 찍어 버릴 테야! |
| **밀가루 1kg** | 일단 봉지째로 마구 때려서 정신을 못 차리게 한 다음, 밀가루를 얼굴에 다 뿌리고 도망가야지. |

다행히 매번 안전하게 집으로 들어갔지만, 실용적인 호신술을 개발한 것 같아 뿌듯했다.

# 압력밥솥

삐 - 삐 - 삐 - 푸슈~

증기를 배출하겠습니다. 삐 - 삐 - 삐 - 퓨슈~~~~~ (정적)

펑

### 다음 날 뉴스

한 가정에서 압력밥솥이 폭발해 한 명이 숨졌습니다. 해당 압력
밥솥을 만든 회사는 아직 이 사고에 대해 입을 닫고 있습니다.

액션 영화와 뉴스를 너무 많이 본 것 같다.

나의 미친 걱정

속보    압력밥솥 폭발 현장

취이이이익_

# 설거지

주방 세제의 습격

○
○ ○

설거지를 하다 눈에 세제가 튀었다. 깜짝 놀라 급하게 고무장갑을 벗고 흐르는 물에 눈을 씻었다. 깨끗이 눈을 씻은 뒤에도 여전히 찝찝하다. 동그란 안구가 이리저리 움직이다 세제를 눈 뒤편으로 보냈으면 어쩌나 싶다. 세제의 화학 성분이 눈 전체로 퍼져 점점 실명될 수도 있다. 아니면 눈 뒤에 세제가 고여 있다가 혈관을 따라 움직일 수도 있다. 그러다 뇌까지 퍼져 뇌 손상을 줄 수도 있다. 뇌가 심장 박동에 따라 두근두근 움직일 때마다 세제가 거품을 내서 두개골 안이 거품으로 가득찰지도 모른다. 거품이 너무 많아지면 눈, 코, 입으로 거품이 새어 나오겠지. 병원에 가도 뇌는 위처럼 세척이 불가능하다고, 손을 쓸 수 없다고 말할 것이다.

다행히 며칠이 지나도 아무렇지 않은 걸 보니 세제가 인체에 해가 없게 만들어졌나 보다. 안전하게 만들기 위해 동물 실험을 했을까? 갑자기 아무 죄도 없이 실험실에 갇혀 피부에 세제를 발라야 하는 동물들이 걱정되기 시작한다.

# 청소기

최종 병기 '손'

내 손으로 피를 보지 않고 벌레를 잡고 싶을 때, 가장 좋은 방법은 청소기로 빨아들이는 것이다. 보통의 벌레라면 청소기 튜브로 빨려 들어가 먼지 구덩이 안에서 숨이 막혀 죽을 것이다. 그러나 영화 속 슈퍼히어로처럼, 어떤 고난과 역경에도 불사조처럼 살아나는 벌레도 분명 존재할 거다. 그런 벌레는 청소기 안으로 빨려 들어가서도 숨을 쉬고, 본능에 충실해 번식할 방법을 찾을 터. 빨려 들어간 벌레가 필터 안에 수백 개의 알을 낳고, 알을 까고 나온 애벌레들이 번데기를 거쳐 성충이 될 것이다. 먼지를 먹고 자라 어떤 벌레들보다도 강한, 청소기가 키워 낸 그 벌레들은 어미를 빨아들인 인간에게 복수하려 청소기 튜브를 천천히 타고 밖으로 나올 것이다. 먼지가 가진 균들을 자기 몸에 싣고 밖으로 나온 벌레들은 나를 물고 뜯으며 그 균을 몸에 퍼뜨리기 바쁠 것이다. 내가 죽인 벌레의 자식들에 의해 죽음을 맞는 나. 최악의 죽음이 아닐 수 없다.

어쩔 수 없이 벌레는 손으로 직접 잡아야겠다. 번식 방지를 위해 확인 사살은 필수다.

# 모자

옷장 속 블랙리스트

시야가 가려지는 건 정말이지 끔찍하다.

인간의 위쪽 고정 시야는 고작 50°. 이 50°를 챙 있는 모자로 가리는 것은 나를 수많은 위험에 노출시키는 것과 같다. 갑자기 심장 마비가 온 새가 머리 위로 떨어지는 것을 피하지 못할 수도 있고, 센 바람에 떨어지는 간판이 날아오는 걸 보지 못해 맞아 죽을 수도 있다. 낮게 걸려 있는 현수막에 모자가 걸려 허우적거리다 넘어질 수도 있고, 아이들이 찬 공이 날아오는 것을 보지 못해 그대로 머리로 받아버릴지도 모른다.

모자를 쓰면 주어진 시야를 최대한 제대로 보려고 목에 힘을 가득 주게 되는데, 목 근육이 굳어서 평생 앞만 보고 살아야 할지도 모른다. 그럼 옆이나 뒤에서 생기는 상황을 파악하지 못해 또 다른 위험에 노출될 것이다. 목뿐만 아니라 눈도 더 많은 시야를 확보하기 위해 평소보다 더 부릅뜬다. 한 시간만 모자를 쓰고 있어도 눈두덩이가 뻐근하고 눈동자에 힘이 꽉 들어간 게 느껴진다. 안압이 높아져 젊은 나이에 녹내장에 걸릴까 봐 무섭다.

나에게 '모자'란 안전을 포기하는 것과 같다. 부득이하게 모자를 써야 하는 날이면(늦잠을 자서 씻지 못할 때가 대부분이다) 언제 어디서 뭐가 날아올지 몰라 종일 긴장 모드다. 생명과 정신 건강을 위해 모자를 옷장 속 블랙리스트에 올려야겠다.

# 영양

몸의 독백

건강한 삶을 지향하는 '몸'의 독백

**아침 식사 메뉴: 라면**

아침부터 라면? 그래 라면이 먹고 싶었을 수도 있지. 정제된 탄수화물이고 나트륨도 많지만⋯. 점심이랑 저녁엔 영양소 많은 음식을 먹어 주렴, 주인아.

**점심 식사 메뉴: 돈가스**

튀김이네? 맛은 있지만, 이것도 몸에 안 좋은 음식 아닌가? 아침에 단백질을 섭취하지 않았으니 고기를 먹는 것도 나쁘진 않은데…. 비타민이랑 식이 섬유, 건강한 탄수화물은 도대체 언제 섭취하려고 그러지? 지방은 채워졌는데…. 튀김은 건강한 지방이 아니잖아? 저녁엔 꼭 건강식 먹어라!

**저녁 식사 메뉴: 치킨 + 맥주**

너 아주 건강을 포기하려고 작정했구나? 채소를 넣어 줘 제발! 오늘 비타민이랑 식이 섬유 섭취가 없었다구! 설마 치킨 무를 채소라고 생각하는 건 아니지? 식이 섬유가 안 들어가면 너 화장실도 잘 못 간단 말이야. 그래도 맥주가 변비에 좋다고 어디서 본 것 같은데…. 어쨌든 오늘 튀김도 2번이나 먹고, 탄수화물, 단백질, 지방 모두 과다 섭취다! 내일 아침엔 꼭 채소와 과일을 먹도록 해. 안 그럼 내가 위염에 피부 트러블로 복수할 테니까! 나한테 잘해라!

나의 미친 걱정

# 믹서기

부엌 진혹사

요리를 좋아해서 부엌에 있는 시간을 즐기지만, 믹서기가 돌아갈 때만큼은 예외다. 굉음으로 음식물을 순식간에 갈아버리는 믹서기는 공포 그 자체다.

믹서기가 돌아가는 힘이 너무 세서 갑자기 뚜껑이 열리고 칼날이 튀어나와 내게 날아올 것만 같다. 빠르게 회전하는 칼날의 공격을 받으면 피투성이를 면하지 못할 것이다. 목으로 날아들면 대동맥이 끊어져 즉사할 것이고, 얼굴로 날아들면 눈, 코, 입이 모두 으스러질 것이다. 배나 허벅지로 날아와도 과다 출혈을 면하지 못할 테니 결과는 비극일 게 뻔하다.

날카로운 칼날의 비행을 방지하기 위해 믹서기 방이 따로 있으면 좋겠다. 버튼을 누르고 방문을 닫으면 혹시나 뚜껑이 열려 칼날이 날아다녀도 아무도 다치지 않을 테니까 말이다. 믹서기만을 위한 작은 방을 만들려면 부자가 돼서 넓은 집을 사야 할 텐데…. 그런 돈을 어느 세월에 모을지 또 걱정이다.

# 반지

손가락 구조대

7~8년 전이었다. 길에서 파는 액세서리를 구경하다가 예쁜 반지가 눈에 띄었다. 노랗게 칠이 된 나무 반지였다. 반지를 집게손가락에 꼈다가 빼려고 하는데 빠지지 않았다. 분명히 낄 땐 부드럽게 들어갔는데 그새 쪼그라들기라도 한 것처럼 손가락에 착 달라붙었다. 아무리 돌리고 잡아당겨도 빠지지 않았다. 손가락은 피가 통하지 않아 하얗게 되더니 점점 보랏빛을 띠는 파란색에 가까워져 갔다. 점원은 로션을 발라서 미끈거리게 한 다음 빼 보라고 했지만 빠지지 않았다. 손가락 색이 더 파래지는 것 같았다. 옆에 서

있던 친구에게 울먹거리면서 손가락 잘리는 거 아니냐고, 119 불러야 하는 거 아니냐고 호소했지만, 친구는 "빠지겠지, 계속 돌려 봐"라며 무관심하게 말했다.

친구를 원망하며 동시에 구조대원이 나를 구해 주러 오는 상상을 했다. 톱으로 반지를 잘라야 하는데 손가락이 같이 잘릴까 봐 이러지도 저러지도 못하는 구조대원의 얼굴이 눈앞에 왔다 갔다 했다. 그는 피가 안 통해 손가락이 썩는 것보다는 낫지 않겠냐며 톱으로 조심스럽게 반지만 자르자고 제안했다. 나는 너무 무서워서 그러라고 했고, 날카로운 톱에 반지가 잘리는 순간 내 손가락이 하늘로 피를 뿜으며 잘려 나갔다. 나는 과다 출혈로 인한 쇼크로 쓰러졌고 눈을 떠 보니 병원이었다. 집게손가락이 느껴지지 않았다. 의사에게 어떻게 된 거냐고 울면서 물어봤다. 손가락이 잘려 튕겨 나갔는데 차도로 날아가서 차바퀴에 깔려 버렸다고 했다. 그래서 붙일 수가 없었다고. 손가락을 치장하려다 손가락을 잃었다.

집게손가락을 잃고 절망하는 상상에 빠져 있을 때, 점원이 비장의 무기라는 듯이 가방에서 정체 모를 오일을 꺼냈

다. 오일을 바르고 있는 힘껏 반지를 잡아 뺐다. 드디어 빠졌다. 반지의 노란 칠은 이미 다 벗겨지고 내 손은 오일 범벅이 됐다. 가지고 있던 현금이 부족해서 그 반지를 살 수도 없었다. 미안하단 말만 백 번 넘게 남긴 후 그 자릴 떠났다.

이 사건 후, 어떤 반지라도 잘 빠질 수 있도록 피아노로 손가락 다이어트를 해 보려고 했으나 마땅히 피아노를 칠 곳이 없어 포기했다. 일단 노트북 키보드라도 열심히 친다. 조금이라도 움직이면 살이 덜 붙을 테니 말이다. 그리고 무엇보다 아무리 마음에 들지라도 반지의 지름이 손가락의 1.2배를 넘지 않으면 절대 껴 보지 않는다.

나의 미친 걱정

# 기차

생존석 1열

한 칸 한 칸 고리로 연결된 기차는 끊어질 위험이 있다. 관리자가 실수로 고리를 느슨하게 연결해서 기차가 달리다 끊어질 수도 있고, 갑자기 하늘에서 벼락이 쳐서 고리가 끊어질 수도 있다. 영화에서처럼 누군가 추격전을 벌이다가 기차 칸을 분리해서 추격자를 따돌릴 수도 있다(영화보다 더한 일들이 일어나는 세상이다. 말도 안 되는 상상이라고 웃어넘길 수 없다).

그러니 고리가 끊어질 때를 대비해 꼭 앞쪽에 타야 한다. 만약에 중간 고리가 끊어지면 조종사가 있는 앞쪽은 계속 앞으로 가다가 어딘가에 도착할 테지만, 끊어진 뒤쪽은 철로 위에 그대로 남아 뒤따라오던 열차와 충돌할 테니 말이다. 달리는 열차의 속도를 생각해 봤을 때, 뒤따라오는 열차와 충돌해서 다칠 가능성은 99%다. 뒤에 있던 열차와 부딪히지 않더라도 철도 한가운데서 고립돼 공포에 떠는 것은 상상만으로도 오싹하다. 일체형이 아닌 열차를 탈 땐 조종실 바로 뒤 칸에 타는 게 맘 편하다.

# 엘리베이터

어느 날, 갑자기

1. 혼자 엘리베이터를 탄다.

2. 엘리베이터가 멈춘다.

3. 핸드폰은 터지지 않고 경비실엔 아무도 없는지 도움 버튼을 눌러도 답이 없다.

4. 불이 깜빡거린다.

5. 조금만 움직여도 엘리베이터가 덜컹거린다.

6. 계속 구조 요청을 해 보지만, 밖엔 아무도 없는 것 같다.

7. 구해달라고 소리를 지른다. CCTV에 손도 흔들어 본다.

나의 미친 걱정

8. 불이 꺼지고 캄캄한 어둠 속 공포에 떨면서 계속 구조 요청을 한다.

9. 탈출을 시도하려고 억지로 엘리베이터 문을 열어 본다.

10. 마침내 문이 열리고 밖으로 나가려는데 온몸이 덜덜 떨려서 나갈 수가 없다.

11. 바닥에 몸을 붙인 채 천천히 기어서 밖으로 나간다.

12. 몸이 반 정도 빠져나갔을 때, 갑자기 엘리베이터가 쿵 하고 지하로 추락한다. 소리에 충격을 받아 갑자기 온 몸에 힘이 빠지고 균형을 잃어 엘리베이터와 함께 추락한다.


1층에서 엘리베이터를 타고 우리 집이 있는 25층까지 올라가는 동안 내 머릿속에서 일어나는 열두 개의 에피소드다.

# 비

거정 범죄 스릴러

||||||

내가 매일 지나다니는 길에서 강력 범죄가 일어났다고 가정해 보자. 범죄가 일어난 후에 강한 바람과 함께 비가 많이 내린다. 비가 그치고 경찰이 범인을 잡으려 이런저런 증거를 모으는데, 비 때문인지 발자국과 지문이 모두 사라진다. 매일 그 길을 지나다닌다는 이유로 내가 용의자로 지목된다. 나는 범인이 아니지만 그렇다는 증거도, 아니라는 증거도 이미 모두 비에 쓸려 가버린 상태다. 결국, 용의 혐의를 벗지 못하고 내가 범인으로 몰려 감옥에 가게 된다.

비 오는 날 버스에서 잠깐 했던 걱정이다. 비가 오는 날은 평소보다 더 긴장하고 살아야 하는 나. 너무 피곤하다 피곤해.

아임 파인 땡큐, 앤쥬?

걱정이 많은 사람으로 사는 건 정말 피곤하다. 뇌가 쉬지도 못하고 24시간 풀가동하는 느낌이랄까. 하지만 이런 '미친 걱정'들을 달고 사는 삶에도 나름의 장점은 있다.

겁이 많아 잘 놀라고 호들갑을 잘 떨 거라고 생각할 수 있지만, 사실 걱정이 많으면 웬만한 일로 잘 놀라지 않는다. 늘 최선부터 최악의 상황까지 계산하고, 머릿속으로 시뮬레이션을 해 보기 때문이다. 실제로 일어나는 일은 대부분 이미 만들어 놓은 여러 옵션 중 하나인 경우가 많다. 상상치도 못했던 새롭고 신기한 경험을 할 일은 없지만, 머릿속에 다양한 시나리오가 가득하니 나름 즐겁다.

안전 불감증? 내겐 절대 있을 수 없다. 이 세상엔 수많은 위험 요소가 여기저기 도사리고 있고 언제 어디서 사고가 날지 모른다. 미리미리 걱정하고 의심하고 조심하면 안전과 가까워진다는 게 나의 생각이다. '괜찮아', '이 정도는 괜찮아'라는 말을 한 번만이라도 의심하면 위험에 노출될 확률이 반 이상으로 준다. 그러니까 걱정이 많으면 안전에 세심해지고, 나와 주변 사람들을 어디서 튀어나올지 모르는 위험에서 지킬 수 있다.

'이쯤 되면 더는 생길 걱정도 없다' 싶은데 계속해서 새로운 상상들이 꼬리에 꼬리를 물고 생겨난다. '이것보다 더 최악은 없겠지' 했는데 머릿속에 더 무섭고 소름 끼치는 시나리오가 자꾸 써진다. 상상력에는 한계가 없고, 뇌는 내가 생각하는 것보다 훨씬 더 부지런하고 바쁘다는 것을 알 수 있다. 이렇게 뇌 운동을 열심히 하다 보면 치매 예방도 되고 젊은 뇌 상태를 오랫동안 유지할 수 있지 않을까(이건 사실 장점보단 바람이라고 할 수 있겠다).

# PART 4
# 걱정은
# 꼬리에 꼬리를 물고

걱정이 가장 활발하게 활동하는 시간.

깜깜하고 조용한 새벽이 되면 신기하게도 상상력이 풍부해지며,

온갖 걱정거리들이 꼬리의 꼬리를 물며 늘어난다.

자기 전에 이렇게 뇌가 활발하게 움직여도 되나 싶은 걱정도 하나

추가!

이제 거의 다 왔어요!
스트레칭 쭉쭉!!!

# 개미

모두 잠든 사이에

몸집이 작은 개미는 원한다면 아무리 작은 구멍이라도 들어갈 수 있다. 내 귓구멍도 당연히 개미에겐 동굴 입구처럼 커다란 구멍일 테니까.

잠든 사이에 개미가 귓속으로 들어가는 상상을 한다. 몸처럼 뇌도 작은 개미는 바보같이 밖으로 나오지 못하고 점점 더 깊숙이 들어간다. 달팽이관과 고막을 지나 귀 끝에서 세 갈림길을 만나게 된다. 턱으로 가는 길, 눈으로 가는 길, 그리고 뇌로 가는 길 앞에서 어디로 갈까 고민하는 개미의 모습이 그려진다. 개미는 뇌로 가기로 한다. 두개골을 타고 돌아다니다 뇌를 보게 된 개미는 배가 고픈 나머지 뇌를 조금씩 갉아먹기 시작한다. 나는 머릿속에서 어떤 일이 벌어지는지도 모르고 결국 에멘탈 치즈처럼 여기저기 구멍 난 뇌 때문에 얼마 못 살고 죽게 된다.

살아 있는 생명은 모두 소중하지만 내 생명을 지키기 위해 집에 개미가 나오면 꼭 죽여야겠다.

# 환청

잠 못 드는 밤

삑 –삑 –삑 –삑 –삑

집에 혼자 있을 때면 어김없이 찾아오는 환청. 누군가 집 안으로 들어오려고 비밀번호를 누르는 소리. 문에서 멀어질수록 선명하게 들리고 현관 가까이만 가면 사라지는 신기한 소리다.

강도일까? 택배 아저씨일까? 아니면 누가 술 취해서 우리 집을 자기 집이라고 착각하나? 문을 따고 들어오면 옷장에 숨죽이고 숨어 있어야 하나? 다 훔쳐 가도 좋으니 목숨만은 살려 달라고 빌어야 하나?

쿵쾅거리는 심장을 달래 가며 현관문의 작은 구멍으로 확인해 보지만, 문밖엔 아무도 없다.

안심하고 집 안으로 들어가려고 등을 돌리는 순간 구멍으로 볼 수 없는 사각지대에 누가 숨어 있으면 어쩌나 하는 걱정이 든다.

# 유튜브

무서운 기획

최근 친구 A가 유튜브를 시작했다. 자신의 일상을 담은 영상을 일주일에 1~2편씩 편집해서 올린다. 어느 날 A에게 메시지가 왔다.

"다음 주에 내 친구가 신점을 보러 가는데, 같이 따라가서 유튜브 찍으려고!"

순간 카메라에 귀신이 찍히면 어쩌나 하는 생각에 소름이 돋았다. 귀신 나오면 어떡하냐고 하자 A는 귀신이 왜 나오냐고 크게 웃었다. 다른 친구 B는 진짜 귀신이 찍히면 유튜브 대박 나겠다며 웃었다. 나도 메신저 창에 'ㅋㅋㅋ'를 쓰면서 같이 웃었지만 진짜 귀신이 찍히면 어떡하나 계속 걱정이 됐다. 귀신이 찍힌다면 과연 어느 타이밍에 찍힐까?

아마 들어가자마자 나타나진 않겠지. '그분'이 무속인에게 오실 때 카메라에 잡히려나. 드라마에서 보면 갑자기 무속인의 말투랑 눈빛이 바뀌던데, 그게 '그분'이 오시는 타이밍인가? 사람의 모습을 하고 있을까? 점을 보는 모습이 고스란히 담기려나? 그게 다 카메라에 담기면 너무 소름 끼칠 것 같다. A도 찍을 땐 안 보이다가 나중에 자기 카메라에 귀신이 찍힌 걸 보면 기겁하겠지. 기절할지도 모르겠다. 카메라가 귀신에 씌었을까 봐 버려야 할지도 모르겠다. 어쩌면 내가 생각하는 것보다 맷집이 좋은 A가 편집을 기가 막히게 해서 유튜브에 영상을 올리고, 그 영상이 유명해져서 A는 인기 유튜버, 그 점집은 용하다고 전 세계에 소문이 나는 핫플레이스로 거듭날 수도 있다.

나의 걱정이 여기까지 도달했을 때 A에게 또 메시지가 왔다.

"선녀님한테 얼굴 가리고 영상 찍어도 되냐고 여쭤봤는데 안 된다고 하시네. 녹취도 안 된대. 아쉽다…"

다행이었다.

'A야 미안해. 너의 유튜브 채널이 진심으로 잘 됐으면 좋겠지만, 그런 위험하고 무서운 콘텐츠는 앞으로 기획하지 않으면 좋겠어. 부탁한나.'

# 화초

주객전도

초록 생명체는 햇빛을 받고 인간에게 이로운 깨끗한 산소를 내뿜지만, 때론 인간의 주거 공간을 침범할 가능성이 큰 벌레들에게 쾌적한 환경을 제공하기도 한다.

잠시 쉬어 가려고 집 안으로 들어온 벌레가 자신이 태어난 자연인 줄 착각하고 화분에 둥지를 튼다. 매일 집 안의 화분까지 일일이 확인하지 못하는 나는 그 벌레가 화분에 정착한 줄도 모른 채 살아간다. 그러는 사이 벌레는 슬슬 화분에서 번식을 준비한다. 흙이나 이파리 아래쪽에 알을 깐다. 새끼벌레들은 집 안으로 들어오는 따뜻한 햇볕과 포

근한 흙의 보호를 받으며 알 속에서 무럭무럭 성장한다. 이듬해 봄, 화분에서 알까기가 시작된다. 세상이 궁금한 벌레들은 화분 밖으로 기어 나와 온 집 안을 돌아다닌다. 그들에겐 집 안이 고향이나 다름없으니 얼마나 맘 편히 돌아다닐 수 있겠는가! 온 집 안이 자기들의 서식지인 양 점점 활동 영역을 넓혀 간다. 머지않아 집은 곧 벌레가 장악해 버린다. 살충제도 뿌려 보고 손으로 잡아도 보지만 엄청난 적응력과 번식력을 가진 벌레들 때문에 결국 집을 팔고 이사를 할 수밖에 없다. 그런데 벌레가 득실거리는 집을 누가 살 리 없지 않은가. 그렇게 우리 가족은 벌레 때문에 집도 잃고 재산도 잃는다.

이러한 이유로 화분에 진드기가 생기면 바로 가져다 버리고, 벌레가 나타나면 꼭 박멸 작전을 펴야 한다.

# 하이힐

거침없이 하이 킥

길을 가다 갑자기 누가 나에게 해코지하려고 뒤에서 덮치면 어떡하지? 누가 괴롭힘당하는 걸 보게 되면 어떡하지?

그럼 신고 있는 하이힐을 벗어 머리를 찍어 버려야겠다. 그런데 너무 세게 찍어서 두피와 두개골을 뚫고 뇌까지 찍어 버리면 그 자리에서 즉사할 텐데. 그럼 나는 살인자가 되는 건가? 머리 대신 눈을 찔러야 하나 고민된다. 눈을 찔리면 적어도 생명에 지장이 가진 않을 테니 말이다.

안타깝게도(?) 나는 1년 365일 중 360일 정도는 운동화를 신는다. 운동화로 상대를 제압할 방법은 아직 찾지 못했다.

# 거울

오래 보지 않기로

거울을 보고 있는데 어깨 뒤에서 귀신이 나타나면 어쩌지? 너무 놀라서 소리를 지르며 쓰러지는데 침대 모서리에 부딪혀 머리를 다치면 어쩌지? 병원에 실려 가서 깨어났는데 기억 상실증이라고 하면? 그럼 내가 책을 쓰고 있다는 것도 잊어버릴 텐데. 그렇게 되면 이 글은 평생 세상 밖에 나가지 못하고 내 걱정을 알아주는 사람도 없겠지. 거울을 너무 오래 쳐다보지 말아야겠다.

나의 미친 걱정

나는 누구? 여긴 어디?

# 멀티탭

빠른 결단력

　방바닥에 놓고 쓰는 멀티탭 위에 물을 한 방울 흘렸다. 벽 콘센트에 연결되어 있던 멀티탭을 당장 뽑아 전기를 차단했다. 갖다 버려야겠다고 생각했다. 멀티탭 안에 수분이 고여 있는데 그것도 모르고 전자 제품을 연결하는 순간 감전될 수도 있기 때문이다. 그 전에 수분과 전기선이 합선돼 폭발할 가능성도 있다.

　감전과 폭발 위험 물질을 더는 방 안에 보관할 수 없다.

# 눈

게슴츠레

:

멍하니 앉아 있는데, 갑자기 하루에 너무 많은 시간 눈을 뜨고 있다는 생각이 들었다. 잠이 많은 편도 아닌 데다가 깨어 있는 시간 대부분은 스마트폰, 아이패드, 노트북 화면을 보고 있다는 사실에 무서워졌다. 이러다 금방 눈에 노화 오는 거 아니야? 갑자기 눈이 뻐근하니 안압이 오르는 것 같았다. 안압이 오르니(진짜 오른 건 아니겠지만) 눈알이 부풀어 터질 것 같은 상상이 들고 너무 징그러워서 미간이 찌푸려졌다. 안구 뒤쪽의 핏줄마저 뻐근하니, 그 압력이 뇌까지 퍼져서 두통까지 올 것 같다.

잠시 눈을 감았다. 눈을 위아래 양옆으로 굴려 가며 스트레칭을 하는데 어쩐지 평소보다 안구의 움직임이 뻑뻑한 것 같다. 평생 안경이나 렌즈를 껴 본 적 없는 '순수 안구'인데, 이러다가 갑자기 시력 저하는 물론 눈에 큰 병이 생기는 건 아닌지 무섭다.

마침 하품이 나와 눈물이 났다. 눈물을 머금고 눈을 감아 또 눈알을 굴렸다. 촉촉해져라 촉촉해져라. 걱정하는 와중에 또 스마트폰 속 세상이 궁금해 한 손으로 핸드폰을 만지작거렸다. 결국 5분도 채 되지 않아 눈을 크게 떠서 *페이스 아이디 인증을 하고 말았다. 걱정하는 중에도 걱정을 만들고 있다니. 당장 **루테인이라도 주문해야겠다! 스마트폰 중독을 벗어날 수 없으니 영양제에라도 의존해야지.

---

\* 아이폰에서 사용자의 얼굴을 암호화해 잠금을 해제하는 방식이다. 이 인증 방식이 정말 안전한 걸까? 걱정이 하나 늘었다.

\*\* 눈 건강에 도움을 주는 성분으로 알려져 건강 기능 식품으로 인기가 많다. 일찍 복용하면 내성 생길까 봐 마흔부터 복용하려 했다.

# 비행기

하늘을 나는 걱정

비행기가 이륙하고 1~2분이 지나면 바퀴가 윙 하는 소리와 함께 안으로 말려 들어간다.

하지만 만약 뒷바퀴가 완전히 들어가지 않고 올챙이 뒷다리처럼 삐져나와 있으면 어떡하지? 비행기의 무게가 뒤쪽으로 쏠리지 않을까? 그럼 비행기가 갑자기 난기류를 만나거나 구름 사이를 지나갈 때 균형을 잃고 꼬리 쪽으로 기울 텐데. 기울어지기 시작하면 조종사도 어쩔 수 없이 조금이라도 안전하게 추락하길 기다릴 수밖에 없을 거야. 나도 산소마스크를 쓰고 구명조끼를 입고 떨어지길 기다려야겠

나의 미친 걱정

지. 엄청나게 빠른 속도로 떨어질 텐데 그걸 입을 시간은 있으려나. 비행기 앞쪽에 타면 시간을 좀 더 벌 수 있을까? 추락했을 때 좀 덜 다칠까? 그럼 비즈니스나 퍼스트 클래스를 탄 사람들은 이코노미 클래스를 타고 다니는 나보다 안전할 확률이 더 높은 건가?

불안을 잠재우기 위해 항공 과학까지 공부해야 할 판이다. 여행은 다니고 싶고 가끔 출장도 다녀야 하는데, 그러려면 비행기를 안 탈 수는 없으니 말이다.

# 자동 출입국 심사

울렁증

## 공항에서 절대 피해 갈 수 없는 걱정

- 나도 모르는 사이 지문이나 홍채의 모양이 바뀌어서 자동 출입국 심사 기계가 문을 안 열어 주면 어떡하지?
- 공항 경찰한테 잡혀갔는데 신원 확인이 안 돼서 감옥에 가면 어떡하지?
- 감옥에서 나와도 공항 블랙리스트에 올라서 죽을 때까지 해외여행도 못 가겠지?

# 모기

살충제에 대한 고찰

불을 끄고 잠자리에 누웠을 때 시작되는 모기의 윙윙거림은 상상만 해도 기분이 나쁘다. 억지로 침대에서 일어나 불을 켜고 모기의 위치를 파악한다. 바로 눈앞에 나타나면 다행이지만 옷장 위나 책상 아래, 커튼 사이에 숨은 모기는 어쩔 수 없이 살충제를 사용해야 한다.

간혹 살충제를 뿌리고 난 후, '죽었겠지' 하며 바로 다시 잠을 청하는 사람들이 있는데, 살충제 먹은 모기는 무조건 죽여야 한다. 모기가 살충제를 먹고 그대로 살아 있으면 내성이 생겨 변종이 될 수도 있기 때문이다. 변종이 된 모기가 방구석에 알을 까고, 이듬해 봄에 알을 까고 나온 새로운 모기들은 여태껏 지구상에 존재했던 모든 해충보다 강력한 생명력으로 인류를 위협할지도 모른다. 살충제를 뿌릴수록 생명력이 강해지고 어떤 약을 써도 죽지 않는 모기는 인간에게 새로운 병을 전염시킬 것이다. 모기가 지배하는 세상. 그 끔찍한 세상이 내가 뿌린 살충제로부터 시작될 수도 있다는 게 너무 무섭고 소름 끼친다.

살충제 먹은 모기는 반드시 죽이고 잠자리에 들자.

# 헤어드라이어

화재 예방

친구와 대만 여행을 갔을 때의 일이다. 외출 후 숙소로 돌아온 우리는 씻고 수다를 떨며 여유롭게 하루를 정리하고 있었다. 옆방에선 누가 샤워를 마치고 나왔는지 헤어드라이어 소리가 들렸다. 대수롭지 않게 여겼는데 한참이 지나도 소리가 멈추지 않자 슬슬 겁이 나기 시작했다. 친구에게 옆방 헤어드라이어가 멈추지 않는다고 했더니 머리가 길면 말리는 데 오래 걸릴 수도 있다고 했다. 그런가 보다 하고 무시하려고 했지만, 귀는 이미 그 소리만 듣고 있었다. 20분이 넘도록 소리가 멈추지 않자 혹시 깜박하고 드라

나의 미친 걱정

이어를 켜 놓고 나간 건 아닌지 의심이 들었다.

'저러다 드라이어가 과열돼서 불이 나면 어떡하지?'

좁고 오래된 숙소 건물이 화염에 휩싸일까 봐 무서웠다. 출구, 창문, 비상구 등 밖으로 나갈 수 있는 모든 통로를 머릿속에 입력했다. 한국으로 돌아가야 하니 다른 건 다 버리고 여권만 가지고 탈출해야겠다고 계획까지 짰다.

소리가 시작된 지 30분쯤 지났을까. 드디어 드라이어가 꺼졌다. 친구는 드라이어가 켜져 있었는지, 꺼졌는지도 모르는 것 같았다. 나는 속으로 '다행이다'라고 생각하며, 어쩌면 일어났을지도 모를 화재를 예방한 것 같은 묘한 기쁨과 함께 잠자리에 들었다.

# 납치

걱정 꿈나무

7~8살쯤이었던 것 같다. 뉴스만 틀면 어린이들이 납치되었다는 소식이 들려왔다. 걱정이 많은 어린이였던 나는 내가 만약 납치를 당하면 어떻게 해야 할까 고민했다. 그러다 생각해 낸 방법이 납치 상황을 재현해서 그때 도와줄 어른이 나타나는지 테스트하는 것이었다.

부모님의 차를 타고 어딘가로 놀러 가던 날, 이 테스트를 진행해야겠다고 생각했다. 뒷자리에 앉아 있던 나는 고속도로에서 팔을 번쩍 들어 '도와주세요'를 외치는 느낌으로 마구 흔들었다. 유리를 치는 시늉도 하고 누가 내 팔을 끌어당기는 것처럼 팔을 움직이며 나름 연기도 했다. 누가 진짜 경찰에 신고해서 우리 엄마, 아빠가 납치범으로 오해받는 건 아닐까 조금 걱정되긴 했지만, 테스트를 계속 진행했다. 안타깝게도 목적지에 도착할 때까지 우리 차를 신고한 사람은 없었고 경찰도 나타나지 않았다. 테스트 결과는 대실패! '아, 납치를 당해서 끌려가도 나를 도와줄 어른은 없겠구나'라고 생각하니 너무 서러웠다.

지금 생각하면 정말 말도 안 되는 테스트다. 누가 차 안에서 주유소 풍선 인형처럼 팔을 흔들어 대는 아이를 보고 납치라고 의심할까 싶다. 나라도 그런 아이를 본다면 '정말 정신없는 아이구나'하고 그냥 넘어갈 것 같다. 그렇지만 머리로만 걱정하는 지금과 달리 부지런하고 계획적이었던 어린이 시절을 생각하며 반성을 한다. 앞으로는 생각만 하지 말고 행동으로 옮기는 부지런한 '어른 걱정인'으로 거듭나길!

# 교통사고

걱정의 파노라마

대학교 마지막 학기 때의 일이다. 집에서 캠퍼스까지는 차로 45분 정도 가야 했다. 그날도 여느 때처럼 친구의 차를 타고 캠퍼스로 가고 있었다. 전날 내린 많은 양의 눈 때문에 길이 미끄러웠다. 25분쯤 달렸을까. 갑자기 도로 한복판에서 차가 눈에 미끄러져 빙글빙글 돌았다. 10초 정도 차가 돌았던 것 같다. 그리고 눈이 가득 쌓인 풀숲으로 차가 빠졌다. 다음은 믿거나 말거나 10초 동안 나의 머릿속을 스쳤던 걱정들이다.

- 맞은편 도로에서 달리던 차와 충돌하면 어떡하지? 영화에서 처럼 차가 튕겨 나갔다가 3초 후에 펑 터지면 어떡하지? 불에 타 죽는 건가.

- 도로 옆이 낭떠러지였던가? 추락사하는 건가.

- 창문에 서리가 껴서 주변에 뭐가 있는지 보이질 않는다. 그래, 차라리 보지 않는 게 덜 무섭다. 그래도 내가 어떻게 죽었는지 모르면 억울할 것 같은데….

- 학교 보험이 교통사고도 커버해 주려나.

- 혹시 내가 크게 다쳐서 병원에 입원하거나 죽더라도 내 방 책상에 올려 둔 일기장은 아무도 읽으면 안 되는데.


10초 동안 주마등처럼 스친 걱정의 파노라마는 정말이지 공포였다. 앞으로 눈 오는 날엔 절대 차를 타지 말아야지.

# 비누

깨끗하게, 맑게, 걱정 없게

셀프 클리닝 병사들!

비누는 어떻게 세척해야 할까? 사람 몸이나 물건은 더러워지면 비누로 닦을 수 있지만, 비누는 무엇으로 깨끗하게 만들 수 있을까? 게다가 비누는 세균이 서식하기 최적의 환경인 습하고 따뜻한 욕실에 주로 비치되어 있는데, 어떻게 세균으로부터 안전할 수 있지? 아직 비누가 썩거나 곰팡이가 핀 걸 본 적은 없는 것 같은데…. 내가 생각하는 것보다 비누는 청결하고 똑똑해서 항상 셀프 클리닝(self-cleaning)을 하는 것일지도 모른다.

해상 전투에서 두 배가 가까워졌을 때 군사들이 적의 배로 옮겨 타 싸움을 하는 것처럼, 손이 비누를 만지는 순간 세균들은 비누로 뛰어내려 비누를 더럽게 만들 전투 준비를 한다. 하지만 비누의 '셀프 클리닝 병사'들은 자신들의 깨끗하고 향기로운 아지트를 지키기 위해 맹렬한 자세로 세균들을 무찌른다. 새로운 손이 비누를 만지면 자신들이 죽인 세균들을 그 손으로 재빨리 옮긴다. 손으로 옮겨진 죽은 세균들은 손을 닦는 동안 물에 다 씻겨 내려가고, 비누는 다시 쳐들어온 세균들과 싸운다. 이 패턴을 계속 반복하며 비누는 청결을 유지한다.

이쯤 되면 비누에게 고마워진다. 온갖 박테리아와 세균이 잠식한 세상에서 유일하게 스스로 청결을 유지하는 멋진 물건이니 말이다.

# 스프링클러

트루먼 쇼

스프링클러에 초소형 카메라가 숨겨져 있지 않을까 싶을 때가 있다. 나와 가족을 감시하려고 몰래 심어 놓은 카메라가 24시간 돌아가는 게 아닐까. 나처럼 평범한 사람을 감시해서 뭐하나 싶지만, 자신의 일상을 영상이나 글로 올리며 타인과 소통하는 요즘 시대에 충분히 일어날 수 있는 일이다.

스프링클러는 나의 일상을 감시하다가 불이 나면 비싼 자기 몸을 지키려고 물을 뿌릴 것이다. 어차피 자기는 젖지 않을 테니 불에 타서 고장이 나는 것보다 물을 뿌리는 게 이득일 거다. 그럼 불이 나서 당황하고 물을 맞으며 우왕좌왕하는 모습까지 다 기록되겠지.

영화 *「트루먼 쇼」처럼 숨은 카메라가 내 일상을 다른 세상에 송출하는 긴 아닌가 싶다. 금속 탐지기처럼 어서 빨리 카메라 탐지기가 등장해 걱정을 한시름 덜어 주면 좋겠다.

---

*  1998년에 개봉한 짐 캐리 주연의 영화. 주인공 트루먼의 일상이 자신도 모르게 TV를 통해 일거수일투족 방송되고 있었고, 이 사실을 알게 되면서 벌어지는 일을 그리고 있다.

# 기상

지각 시뮬레이션

### 오전 7:00 ⬭

오전 7시에 알람을 하나 맞추고, 5분 간격으로 알람을 4개 더 맞추고 잠자리에 든다.

다음 날 아침, 7시에 알람이 울려 잠시 눈을 뜬다. 시끄럽다며 잠결에 나머지 알람을 다 꺼 버린다. 다시 눈을 붙이고 일어난다. '15분 정도 지났겠지' 생각하며 눈을 떴는데, 세상에 8시 30분이다! 회사까지 가는 데 1시간 반! 지금 바로 나가도 늦는다. 일단 엄청난 속도로 세수를 하고 대충 얼굴에 선크림을 바르고 아무 옷이나 골라 입는다. 제일 중요한 핸드폰, 지갑, 이어폰을 먼저 가방에 넣는다. 물을 벌

컥벌컥 마시고 헐레벌떡 집을 나선다. 이제부턴 계산을 해야 한다. 어디까지 지하철을 타고 어디에서 내려서 택시를 타야 할 것인가. 10시까진 출근 시간대라 차가 많이 막힐 텐데…. 괜히 택시를 탔다가 막혀서 더 늦을지도 모른다. 중간에 내려서 자전거를 빌려 탈까. 페달을 미친 듯이 밟으면 가능할 것 같기도 한데…. 가만, 나 사람 많은 데서 자전거 못 타잖아? 괜히 급해서 빨리 달리다가 사람이라도 치면 어떡해. 큰일이다. 일단 회사에 아파서 병원에 들렀다 간다고 해야겠다. 그럼 한 시간 정도는 벌 수 있으니까 조금 천천히 갈 수 있겠지.

다행히 아직 이렇게 다이내믹한 지각은 한 적이 없다. 잠들기 전에 이렇게 전쟁 같은 지각 스토리를 만들다 보면 다음 날 절대 늦게 일어날 수가 없기 때문이다. 가끔 지각을 핑계로 편하게 택시를 타고 가고 싶기도 하지만, 로봇처럼 정해진 시간에 일어나 지하철을 타고 출근을 한다. 혹시라도 매일 늦잠을 자서 스트레스를 받는 분이 계시다면, 자기 전에 걱정을 해 보시길 추천한다.

나의 미친 걱정

# 혼자

이렇게 혼자 죽어도 아무도 모르겠지

'이렇게 혼자 있다 죽어도 아무도 모르겠지?' 혼자 사는 사람은 한 번쯤 해 보는 생각이다. 이런 생각이 들 땐 내가 방 안에서 사고로 죽을 수 있는 여러 가지 가능성을 펼쳐 본다.

- 미끄러운 화장실 바닥에서 넘어져 머리를 다쳐 죽는다.
- 설거지할 때 튄 세제가 들어간 음식을 먹는다. 세제의 독성 물질이 온몸에 퍼져 죽는다.
- 저녁을 만든 후 실수로 가스 밸브를 잠그지 않아 밤사이 가

스를 마시고 죽는다.

- 무서운 꿈을 꾸다가 심장 마비로 죽는다.

- 자다가 침대에서 떨어져 뇌진탕으로 죽는다.

- 핸드폰도 없이(구소 요청이 불가능하다) 화장실에 들어갔는데 문이 밖에서 잠겨 산소 부족으로 죽는다(어쩌면 굶어 죽을 수도 있겠다).

몇 년 전, 룸메이트가 실수로 가스 밸브를 열어 놓고 잠자리에 드는 바람에 몇 시간 동안 방 안에서 가스를 마신 적이 있다. 3번 가능성이 실제 상황이 된 것이다! 그때 죽을 뻔했던 걸 생각하면 나머지 가능성이 아예 말도 안 되는 소리도 아니다.

**Break time** 무모한 도전

하루라도 걱정 없이 살기, 가능할까? '걱정 없는 하루' 미션에 도전하기로 했다.

**8:00 am**  빈속에 영양제를 털어 넣고 집을 나섰다. '속 다 버리겠네… 까끌까끌한 알약 표면이 식도를 쓸고 지나가다가 위에서 퍼져서…' 아, 시작한 지 한 시간도 안 돼서 미션 실패라니.

**3:40 pm**  갑자기 동료가 나를 불렀다. 컴퓨터 화면에 버스에서 연기가 피어오르는 사진이 하나 있었다. 동료의 친구

나의 미친 걱정

가 버스를 타고 가는데 갑자기 연기가 나서 승객이 모두 내렸다고 한다. 저런 사진을 보고 어떻게 걱정을 안한단 말인가! "저러다 불나면 어떡해요? 터지는 거 아니야? 헬기 같은 거로 위에서 물 뿌려야 되는 거 아니에요?" 하고 호들갑을 떨며 대놓고 걱정을 해 버렸다.

**7:10 pm** 퇴근길에 큰 모터가 달린 오토바이 한 대가 굉음을 내며 옆으로 지나갔다. '모터 과열돼서 폭발하면 운전자랑 주변 사람들 다 죽는 거 아니야?'

**11:30 pm** 다음 날 아침 알람을 맞추며 나도 모르게 지각 시나리오를 짜 버리고 말았다(P. 189 참고). 미션은 정말 대실패다. 걱정 없는 하루는 무슨. 그냥 살던 대로 살아야겠다.


아무래도 걱정 없이 머리를 깨끗하게 비우고 사는 건 이번 생엔 어려울 듯하다. 이 세상에 모든 걱정인들이여! 자신에게 걱정 없이 살아 보자고 강요하지 말자! 걱정 많은게 뭐가 어때서! 우리는 남들보다 조금 더 부지런한 뇌를가졌을 뿐이다.

닫는 글

　미친 걱정들을 글로 풀어내기 전까진 내가 유난히 예민
하고 부정적인 사람이라는 생각을 자주 했다. 밝고 좋은 생
각만 하며 살고 싶은 마음에 관련 책도 찾아 읽고 강의도
찾아 들었다. '걱정 없는 나'를 만들기 위해 부단히 애썼지
만 걱정이 없어지기는커녕 생각만 늘었다. 그러다 『나의
미친 걱정』을 쓰게 되었고, 생각보다 많은 사람이 내 이야
기에 공감한다는 사실을 알게 되었다. 나만 이런 걱정들을
하며 사는 게 아니구나 싶어 큰 위로를 받았다. 그러다 보
니 자연스레 '걱정 많은 게 뭐 어때서!'라고 뻔뻔하게 피곤

함을 즐기는 사람이 되어 가고 있다. 이 책이 독립 출판물로 나왔을 때보다 더 많은 사람들에게 읽힐 수 있다고 생각하니 어쩐지 조금 무섭고 부담스럽지만, 그럼에도 나의 이야기가 더 멀리 퍼지길 바란다. 이 세상의 모든 걱정인들이 스스로가 이상한 사람이 아니라 재미있는 사람, 예민한 사람이 아니라 섬세하고 관찰력이 좋은 사람, 쓸데없는 생각이 많은 사람이 아니라 상상력이 풍부한 사람이라고 생각하면 좋겠다.

나는 앞으로도 내가 하고 싶은 이야기, 나만 할 수 있는 이야기로 계속해서 글을 쓰고 책을 만들 생각이다. 걱정 많은 고은지의 새로운 이야기가 또 세상에 나올 수 있길 기약하며, 끝까지 이 책을 읽어 주신 독자에게 감사의 인사를 전한다.

내 걱정이 그렇게 미쳤나요?

☀

작은 걱정들이 책으로 묶일 수 있도록 도와주신 김경희 작가님과 응원을 보내준 나의 친구들에게 감사 인사를 전합니다. 그리고 『나의 미친 걱정』을 이렇게 멋진 모습으로 만들어 주신 전제경 편집자 님, 진심으로 감사합니다.

# 나의 미친 걱정

**초판 1쇄 인쇄** 2020년 2월 3일
**초판 1쇄 발행** 2020년 2월 13일

**글** 고은지
**그림** 니나킴
**펴낸이** 이욱상
**개발총괄** 김영지
**기획·책임편집** 전제경, 박미선
**디자인** this-cover
**마케팅** 박숙정, 김채현, 허도영
**제작** 박홍진, 이철종

**펴낸곳** 동아출판(주) 구름책방
**신고번호** 제 300-1951-4호
**주소** 서울특별시 영등포구 은행로 30(우07242)
**전화** 1644-0600

ISBN 978-89-00-44725-5(03810)

구름책방은 독자 여러분의 책에 관한 아이디어와 원고 투고를 기다리고 있습니다.
책 출간을 원하시는 분은 service@dong-a.com으로 간단한 개요와 취지, 연락처 등을 보내 주세요.